U0086130

滄海叢刊

陽關千唱

陳　煌　著

1980

東大圖書公司印行

中華民國六十九年四月初版

陽關千唱

基本定價叁元柒角捌分

著作者 陳煌
發行人 莊剛彰
出版者 東大圖書有限公司
總經銷 三民書局股份有限公司
印刷所 東大圖書有限公司
臺北市重慶南路一段六十一號二樓
郵政劃撥一〇七一七五號

行政院新聞局登記證局版臺業字第〇一九七號

自序

說實在的，我對自己所謂的人生觀，並未抱持著太多的樂觀成份。我總是以為，人生像一段漫無際涯的待渡旅程。當我獨自站在水的這一端，等待渡過水的那一頭時，我根本不知道，我往後還有多少個渡口，在那些地方在等我。於是，我渡過去了，那就算一個渡口，却沒有更多的情緒去追索下一個渡口將出現在什麼地點什麼時候！祇是，我仍擁有對世界的一層觀照心情。

我是相信宿命論的。

我同時也不是一個悲劇型的人，而是我往往在不自知的情況下，被世界的某些事物所映照到我的心裏，這種映照却幾乎幾乎是含有幾分悲劇成份的。

「陽關千唱」這本集子，便是在近乎這種心情下產生的。

首先，我要說明一點的是，收蒐在這集子中的篇章，按照發表的時間和我自己的風格變化過程而言，本該先於「長卷」付梓的。也就是說「陽關千唱」才是第二本散文集，而「長卷」却是第三本散文集。

如果稍加注意，便可看出「陽關千唱」中的作品，在技巧上和語法上是很「現代」的，有人說它像詩。那麼，就算是一種我在寫作上自我要求的變化吧。

這變化先不論其效果的好壞，我至今却仍很喜歡它。喜歡的原因是，「陽關千唱」畢竟代表我求變中的一環，有這一環之後，我也才能再變，再求得更適合我更突破的再生。我憑著這些不斷的變化，在求變中認清自己。

我當時寫這些作品時，內心常懷著澎湃的思緒，就宛如自己乍然在雙肩上已挑起整個個人的感情，或者是對國家，甚至對世界的一種熱忱。因為，有了這種熱忱的衝擊，不免在作品的感情上有了顯而易見的表露痕跡。散文裏所要表現的感情，是不宜在作品中太鋒芒的。但是，既然在當初動筆時，感情是露骨的，事後也沒什麼好遺憾了。如果，這也算上這本「陽關千唱」的一項缺點的話，我接受。但是，也讓我表白我赤裸的心懷，這是我當時急切想要渲洩的。

另外，「陽關千唱」中各獨立的小節亦佔多數，我寫它們時，我對事件的感觸很多，甚而有點紛雜，但總歸而言，主題的集中，感情的統一，以及技巧上的講求，我是很費力在要求自己的。散文短，難寫，更難寫得好。這點我很了解，因此在這本集子中，對當時的我而言，已盡了十分力了。或許，正由於文字這一方面的求短，以致使得有人把它當成詩的另一種型式。

年齡漸長，各種人生的際遇和經驗隨之複雜與疊積，因此對一個像我這樣寫作的人來說，那究竟是有利的。所以，當我此時，在反觀寫這本集子那時的心境變化時，我是何等的驚心！驚心我最初原有的那股最真最豐富的想像力和胸懷。而現在却未可復得了。

書裏的大部份作品，有紀念已逝朋友的、甚而有寫給自己的、有寫給季節的、有寫給不知名的人們——在二十歲的那時，寫作的筆觸對象彷彿又是整個想像中的世界，如「陽關千唱」、「右手的變奏」、「讓我牽住你的手」等等皆是。

我的散文在變，人生觀也慢慢在修正著，在這樣調協之下，我雖未能完全達到自己在散文風格上的高點，然而，我正努力以赴。

「陽關千唱」的出版，對我是有著某層面上的特殊意義的。我喜歡它，一如我喜歡我自己。別人對它的批判也許很重要，但我有意出版這本集子的目的，也同樣藉以鞭策我自己啊。

陳煌

六十九年元月十七日

寫於臺北市汀州路

陽關千唱 目次

目次

多愁的蝴蝶結

直到，那天早晨的電話中，我告訴你我的名字，我邀約了你，我們就並肩坐在夜裏海濱浴場的重樓陽台上了。而那一刻裏，我也直覺地意識到你眼間閃爍的一點點光亮，却是一種幾近哀愁的神色，如同你髮堆後一隻黑色的蝴蝶，深沉的憂鬱得翩飛不起來，既使在有風的海夜，既使你還隱藏着某種過去的悲傷，而不願輕易地告訴我。

你一直重複地提醒我，也提醒你自己是一個「多愁善感」的女孩子。不可否認的，我已早經由你一言一語中揣測出你的幾分個性來。雖然，你似乎極願在我眼前表現出那種樂觀愉快的行為，但是，你知道嗎?那未免太勉强你自己了，也太折磨你自己，這樣，對你的小小心靈不是壓下某種程度的負荷和侵害嗎?然而，如此也好，就誠如我也一再强調告訴你的「善感也許好的，但多愁並不好」，冥冥中，我顯然已走進你內心的殿堂，而你便隱約地吃驚起來。可是，我始終不希望讓任何人以為我是個那麼善於察言觀色的那種人，包括你。我則盼冀，我是在關懷別人。祇要你了解，我之所以迫切的去了解你，則是基於讓自己在與你一起時，能給你一些精神上配合及支持，談一些不大不小的道理給你聽，就是你在我面前暫得以擁有快樂的痕跡也就值得了。

多愁像一隻隻棲在心上的灰鴿，它咕吭，它也低噪，當它們把一大片的陰影披落在你身上時，你往往祇能駐步昂望。我能體認到一個像你受過那樣心靈重創的人的苦楚，但苦楚必然是屬於過去，屬於一片陰影而已，如煙似蝶，（若麻木，倒不如多愁得好，若多愁，倒不如去善感得好，這是我想要告訴你的，而我之所以遲遲不願告訴你，一則不願多加你一份心理的負擔，一則因你是一個極地善良純美的孩子。）總之，我們的形體與身俱來已有着太多的病死老苦的不幸，又何嘗在此之後復令一枚小小的心房承受無謂的壓力，而導致窒息呢？這是我，甚而所有人都不願作的，不敢想像的。尤其對你，未免是太殘酷不值得些。你想過嗎？人之所以快樂，雖然是因自己把快樂建築在別人的身上，但也不是刻意去傷戕自己啊！你以爲，自己可以忍受別人的傷害，自己也可以承認痛苦，這些情況下，別人便因此而快樂起來？殊不知，這乃是不幸的想法。快樂的泉源是一種人與人之間在某種感情平衡之下的產物，並不意味某一方的付予，或某一方的犧牲。你可懂？而且，一旦，人受將了形體以外無形的痛苦，那是却比有形的痛苦更不易痊癒的；於是，人就以爲人生也不過是憂愁無奈一場罷了。這絕對是錯誤，消極而不可原諒的思想。人是必然在有生之年忍受千般萬般的拂逆與迍邅，這令人更果敢更面對環境（我不再也不願說現實二字，現實本身的意義是褻瀆的，却亦是所謂的物質的表現？環境也許好些。環境二字總是與我們較切身，關係些，也較不致易誤有罪惡感。）因之，當我們走在一起，談在一起，我必須擇些傾向美麗而達觀的事物與觀念和你聊，惟有如是，才能避免在語言上一言半句的不小心，而引痛你內心的創口。我無傷害你的意念。

灘頭的風很薄弱，輕輕掀着你頰邊絲絲鬢髮，及黑暗中的蝴蝶結，驀然看來有着淒美的感覺。遠遠海岸上的螢光燈把淡淡的光拋落過來，微微映着你側仰的臉孔，彷彿深邃得叫人驚心。——多愁善感的一張臉。我微笑着。猛地中，也許是因你本性太過於純眞所散發出來的光澤吸住我的心智，那種純眞得讓人不忍傷你也不願傷你的關係，我深深再次感受到和一個如是你的孩子在一塊，竟亦感染到一些也純眞的喜悅的滿足。喜悅像你偶爾飄拂在我臉上的幾縷髮絲，於是，我不免要讚賞你的蝴蝶結，那是一枚多麼如你的蝴蝶結呵！

我總喜歡每次見到你時，問你：

「今天的蝴蝶結，是你自己結的？」

你總是赧然地羞紅着臉，答我：

「是媽媽幫我結的。她喜歡。我也喜歡。」

「你也喜歡呵？」

是的，除了你，還有誰能擁有這樣漂亮的蝴蝶結呢？

你特愛反問。

「嗯，祇要你喜歡，大概我也一樣。」

我特愛你反問的聲調。

像這般的話，也不知問了幾回也答了幾次了。就是在這些話之後，你就如同小孩子得到新奇的玩偶一樣的高興，心中那種掩不住的興奮便湧上你的眉間，祇差你沒有拉起我的手舞蹈起來。

由這微小的擧動看來，你的確是太維情了，同時也太需要別人撫慰了。我常想，「一個人如果不恣意去傷害別人，別人是否會有形無形中傷害你的！」而你，我總覺得上天似乎有意傷害你，讓你在曾是平靜無波的感情中，居然投下那麼一顆幾乎沉溺你的石塊。這是不是有點不公平呢？（世上，尚有什麼是公平的？是愛？不是。那麼誰告訴我是什麼？）我不是刻意同情你，更非在你面前作做矯情，我是認爲，我有權利在你和我相處一起的那段短短時間裏能有快樂，同時，我也在考驗自己是不是一個能帶給別人快樂的人。（誰叫你認識我？誰叫我是你的朋友？所以，你必須接受我能給予你的，如果我能够的話。）

行過海岸邊的公路，你黑色的蝴蝶結藏在黑暗中，翩翩欲舞。對了。你必須學習去做一隻蝴蝶，會飛舞的蝴蝶！這對你是重要而必要的。不論你曾是枚黑衣的蝴蝶，往後亦是，至少你可以使自己飛起來，是的，飛起來。去，去黑暗中找你的光亮，別因你曾是一枚受創被漠視的黑色的蝴蝶，你有理由伸展寬瑰的翅翼，飛，飛飛，我引領你。我願意看你飛起來，飛啊！

看，你髮叢的蝴蝶結也飛起來了。飛起來了。是飛起來了。

蝶以及孤獨

你乃蝶。
我黑暗中側臉看你。
你獨由我胸膛前飛過。
夜中，我走過浸越我眼瞼而過的寂靜，涉足你翩影的衣聲。這般的夜，在黑暗裏，我會走失的。
所有的髮絲正承受星光的重量，我孤獨的肩，恰似一樹極其沉鬱的苦荼；遠遠，教堂屋頂上的十字架把影子跌在石階上，跌成五月最冷凄的輕嘆，一直延續着日午的灘聲。你坐下，憑在昏然的光暈下，有如古瓷上的一隻蝶。
是啊！一隻蝶。
一隻還認同皈依一種未曾臆及的心酸，在黑暗的一角，以十分低沉的情緒的我，陪着走上倘此去江南或城外的蝶？而我緊緊貼在冷風中的臉，又如何削瘦在你的翼下？

且是啊！

感覺一切打濕今夏的雨季：由轉過小街的一端，緬思而去，不斷地低咳。

當，雨就嘩然一聲撞我滿懷，那種觸感。

那種觸感，竟是那麼赤裸的激情！當我孤立橋頭，雨在橋頭，油紙傘在橋頭，澆淋着漬濡的視線，誠如一隻驚慌吭咭的鳥，叫過古中國的哀愁。

誰件我橋頭諦聽花花自那灘邊走來的雨聲？你沒來。

兩端的路在橋頭構架與肩同高的孤絕，孤絕得像我臉色一般白的天空。

我擠過雨聲。那又是如何一撐就不小心把古軸裏一江煙雨瀟瀟外的泫美且蒼茫的油紙傘撐起的雨聲？

走進濕濕的街上，鄉晨六時的那水綠校園很潑墨，而你依然還睡在小小的嘩花裏嗎？

十五夜的失眠，成爲本可揣臆殤別中一樁不小的意外事件。整個失眠是綿遠般水聲冷冷潰落在內心的一種幾近陌疏的感覺，我未曾壓抑過的醒。顯然，來自五月的雨季，對我是重要的？倘如我在窗外看你，倘如我黑暗中看你，我臉上的雨迸落着，是也濕濡着你吧？而且，能深邃地想像那夜，十五夜的我，寒傖的肩上昇起的夜是今年最貧血的？是很難想像了，是啊！

是啊！那十五夜的醒着，酸渴地醒着。

想來，雨夜裏我高懸在水霖鈴之上的身子，在一捻熄說什麼都酷白的日光燈的束縛下，輾轉復輾轉——。

彷彿虛脫地躺着，有白白的光圈、有白白牆壁、有白白的手術臺、有白白的刀剪，死靜中，我僵硬而無助的肉體像隻被釘在臘板上待剖的青蛙，什麼都從眼中沉淪，無聲無息！啊，無聲無息地有如一把絕冷的鋒刃慢慢以最適切的位置滑入我的肌膚，以蛇般的唇吻向左右心房的脈管中，狠然令我由窒息裏驚覺過來。

雨你叩在鬆隙的玻璃窗上，叩在墨寂的夜胸上，我綣曲而臥的肩頭是不是也幾分潦寥伶仃呢？

而你以幽冥的蝶姿飄逸而來，穿舞而去，是啊，你又且是怎樣一隻雨地上花色的蝴蝶？未可知的是，花戀蝶或蝶戀花呢？在植着夜愁的五月，潮聲遠遠流來，在窗外幾株密密夾竹桃上隔疏疏的雨簾盤桓，在那樣的一刻裏。我乍地而醒的感覺竟是一種驅之不去心愁的寒悸，姿意地由高懸中的水聲，潑落胸膛如擊翼之蛺蝶。

回想——

當所有海邊的路都延綿成今夏最低鬱的夜色，小小街坊的每一扇窗，正以不安的眼光纏結我們漸遠的背影。

那時，藏入深色唐裝裏的我，已能沉緬地意識到從街頭到另一端街頭，我走着，是那麼甸落的情緒去走着，仿若在邃遠的古代中，我被放逐的淒迫，深色唐裝一樣裹住我每一寸不得志的懷傷憂情。

路燈的脚站的水窪中，斜斜的、瘦瘦的、弱弱的，我悄然跨越過去的時候，才發現自己的影子在水中更是那般蒼茫，而無恃。一直，我很不願承認自己在感情上的孤獨，但不可避免的是感情給予我的承諾則是够多的虛幻和貧乏，而且，我所遞承的，又近乎某種不可怨又不可宥的存在，事實上，我能自已承認什麼？除了孤獨之外，還是孤獨。我時常想，所謂的孤獨，就是把自己的臉低低埋進黑暗中，然後一路尋覓自己的影子，裝扮得拓落像一枚葉子一般，飄然而去？

你赫本式短短的頭髮在黯淡而遠的燈光下，纖纖飛揚，很瀟洒的姿態！

旣使，你是那十五夜底最美麗的女鬼，我也會知道的。祇因，你也輕舞寬寬的長裙，一舞，藉幽惘迷離的朦朧樹林魅般而顯、而滅。——十五夜最美麗的女鬼啊！你紋身地走出聊齋線裝書的淒雨中，無言地挨向我左肩，在我的呼吸下猶如又及幻身逸去的一縷青煙！

最後，在教堂影子和路燈影子交叠的地方，並肩坐下，涼涼的光暈從右側黑暗中薄薄落向我零亂的髮叢裏，順着仰起的額，濃黑的眉，流入唇間。

最後，你是十五夜小街上最美麗的女鬼。

最後，我是油紙傘外唯一最愁纏的唐裝。

十五夜之后，誰也不記得誰，當我們都睡入雨聲中，你有你有的蝶，我有我的孤獨。

最後，誰也不准去踩住誰的影子。
最後，誰也不許流淚。
最後，誰也不能揮手。
你，必須走得像一隻鬼魎般沒聲沒息的蝶。
我，必須走得比往昔更孤獨，縱然，我也許勢必得去裝扮得更拓落些，更拓落些。

守住水聲之夜

五月十五夜。

我們靜靜去走一遍牧場的寂涼。

那時，雨歇在千里外。

那時，風棲在橋頭外。

眞是難以用一顆孤寥的心去遙遙想像遠在島之最南端的海邊一處黑暗的牧場上，我們並肩以各有所思的情緒去走完一段夜路的淒美，是怎樣緬緬且綣綣的路頭了。

誠不是，我乃最無奈的一株樹？

而輕輕邁過小小的水窪，仰首西邊，你今夜能聆聽得到碎語沙灘上叠叠潮聲嗎？且是，你能用什麼樣合契的感覺去揣測一株會陪你一個屬於你我的十五夜的我，是一株如何顯得無奈的樹？

你是不會想及的啊。

轉過廻路，黑暗的手悄悄撫著你小小的肩，和你寬逸飃然如蝶的長衫。

——這裡會有鬼的。

——你怕嗎？

——你見過？

——不。

——我是鬼。

——是的，你是鬼，你是美麗的鬼。

——你怕的。

——我喜歡鬼，尤其像你這樣美麗的鬼。

——是嗎？

我不經意地把脚步踩在你的影子上，是那麼怕驚嚇了你。四周魅魎般的樹影，驀然撲向我平靜的臉，在臉上恣意吶喊着。

——多希望有一個人能永遠無言走上一段路，那多好！

——是啊。可是，誰陪我呢？我漠然地說。

沒有弦月。如果有，你知道，它會有如一首雪亮蒼白的匕首刺傷我的，你知道嗎？唉，你是不會明白的啊。

那一刻裏，你又知道延向脚尖外的路有多遠？百尺，或千丈？是啊！你我是不會知道，誠如你我能猜臆到所謂相識之後的結局是幸抑不幸嗎？而所有的結局都是美麗的，或是悽楚的？往往，一個人在受過太多的痛苦後，他能感受的，也是一種平靜的痛苦。

你花蝶的衫角在淡薄的燈暈下盪起，盪起令我泫然的記憶呵！

風已够清冷了，但你的影子恰似灘聲激濕浸蝕我全身的肌膚，那麼冷。

你，那尋得一顆天狼星呢？而遠在天狼星下的沙灘上，白天所遺留下來的伶仃跫跡，和梅雨的漉漉，如今還能覓得一闕水聲的寂然？不能。已不能了。一切的往昔昨日情景卽使依然觸目膺胸，你以爲，你能拾得幾許？過去的，殘酷且美麗，也容易破碎，一如潮上之花泡。

也許，你也不曉得的，在我離開遼曠的海灘時，我偷偷擦去寫在你身旁的名字，而現在，那名字卻對我顯得多麼生疏而遙遠，有時，我很不懂爲什麼自己會對某個人的名字記憶得像自己的名字一樣，而當我處於某種情況下恣意把那名字剔除自我內心時，我對它已不要有任何眷念的了，縱使我曾是多麼努力摯愛過它，又曾竭力忘記它。

夜雨還會落在肩上嗎？

那麼，就讓我們坐在路旁的指標下，等天空最後的一顆星落向你的髮叢吧。

但是，路仍舊無助地伸過來，伸遠去。夜，像一張沒有寫上任何字跡的紙，而我你爲何那麼無可奈何地把彼此各人絕冷的影子投射在紙的兩端？這就意味着我們原本便是不相關的兩個迥異的符號？

我緊緊抱住雙膝，把臉深深埋入濃濃的心緒底，一瞬時，我彷彿感覺自己是一只被拋入大海越沉越深的古瓷，已失卻了往日的光彩，而恁激湧的潮水狠狠壓縮着我，那麼無恃，那麼孤獨；終至，爆裂成片片碎片，四處漂泊無所。

——一個人去認識一個人勢必應該承受認識的折磨嗎？

五月十五夜。昇起。

軌迹

七月十七夜裏。最初我們把身子輕輕扒在海濱一幢重樓的陽臺上，像相遇來自不同方向的兩枚星子，在謐暗的黑夜間，彼此閃耀出劃過天邊的兩道軌跡，而其焦點却是一刻暫時的永恒。你的臉浸在遠遠流過灘頭而上漲的潮聲中，彷彿在任何時刻裏，你如昔日的回來，站在我面前，總那般輕易把印象佔據我深邃的瞳子，叫我瞳不子斷去感覺你也善良的心，和微微皺起眉睫的笑，在輕濕且暗淡的光暉下，顯得那樣脆弱而哀美。海夜深濃了。而你長長守住小小肩上的髮叢，藉着薄薄悄然的風，飄起，一飄，就滿天滿樓的摯眞幸福。

在此往後，我們或許會很快樂的生活一起，既使你一直承受環境可帶給你多愁善感的個性，可是你不認爲自己仍是純潔而稚情的孩子？如果說我能給你一些什麼，那麼，我多希望我能給你的是天底下所有的快樂。事實上，生命固且是一本難釋的書，或一段顚困的旅程，然而，你又是否更能深深了解生命的火花之產生往往存在於感情的沖擊中？我們有賴於彼此的關懷和愛心來永遠持續這易殞的軌跡，使之深植我們內心。這樣，我們尚奢求些什麼，當我們已擁有我們擁有的？

直到管理人員催我們離去，我才驀然發覺夜原是被你我藏在絲髮下的，遂是我們理理亂雲般的髮叢，夜總紛紛流過我們的臉，我們的胸膛，如同一灘花花水聲。

轉過沙灘。

你說，我們走走海邊。

這樣，我們無視於脚旁黑暗中還有無數的眼睛正流轉在我們身上；這樣，我們也無意於一潮浪花的嘩然嫉妒，我們並肩而走，誠如我們會有我們自己的路，與方向。

沿着路燈淡然的海岸走，寂靜。幾許點點舟火從無盡的遠方一端亮起，不小心，沾上我們的眼睫。我們的脚步很輕，輕得可以懸盪在你我的衣襟上，輕得可以疊摺起來，成你髮間兩枚蝴蝶結。一路，我始終望着你，黑暗中你依舊的善良美好的你，我不經意地快樂起來，而却沒法想像與你同在的快樂是一種怎樣像偶遇的星子那般慕情的快樂，是眞的，一時間裏，我覺得我已擁有許多許多。

該分手了。

你看着我的背影離開也好，我望着你的肩頭離開也好，黑暗中，讓我們都携走快樂，以及關愛，在我們劃出長長的軌跡中閃耀。

七月的見證

陽光很濃，像校園子裏幾株鳳凰樹上咯血般紅的鳳凰花一樣濃簇。

離開學校有那麼一段長的時間了，你一定以爲我忘了一些什麼，包括一排排的古老的教室，不曾再謀面的朋友，畢業時的驪歌，和幾株不識愁滋味的鳳凰木。其實，我什麼也未忘記，祇不過，你同意去記憶一些往日的情懷不也是件痛楚的事嗎？逝失的，是不是也如同那些被我摺成一隻隻蝴蝶夾入課本扉頁中的鳳凰花？以後，幾番奔波困頓，你就不經意地遺落了，而再當你觸目生景時，我們的回顧往往傷情多於歡樂，猶似驀地再由某課本某章扉頁中的偶然翻閱中滑落的夾蝶，都已經褪去色澤了啊！都已經僵冷了啊！

也是的，在這樣容易感覺的七月裏，卽使恣意再去走一遍熟悉的校園，那些教室依然，那些鳳凰花依然，那些老友依然，那些驪歌依然，而我是不能於幾分哀美幾分神傷的情緒下再揣摸那瘖瘂那褪顏的風景？而那又是一片怎樣升自旅途遙遠一端幾近被丟擲的風景啊？我們有回眷的權利，但同樣的，我們也有悲悒的權利；如果，我們有淚，不妨再去走走已經空蕩的校園，看看那敎室，那樹木，你也會猝而被激起一陣比一陣沈鬱的心酸事，儘管那刻裏也曾喜悅過無憂過；終究，面對驪歌已失，友人已遠，你的淚是不是尚能堅決地守在不斷顫抖不斷感動的眼眶中？

悲悒，有什麼不好？

流淚，有什麼不好？

對於某類事情，我們或許無權承受過分的折騰，而事實上，我們亦無力去釋除所加諸給我們感情上的顚躓，是不？

如今，你說，那陽光花花下的鳳凰樹又已幾許深紅了？而你是否也願再走那焚心刻骨的花影下？那時，也許你自遠方來，我們祇是低首若思地輕輕擦肩而過，彷若花謝；也許我自前方來，我們祇是緬然相視而笑，猶似花開；不管如何，說什麼就讓七月的那簇簇紅花見證吧！見證我們曾相識。

見證我們曾彼此關懷過。

一街朦朧月明心

ＳＭＦ，這樣以一種細鬱中國憂心戚懷的情緒，走在月光絲絲典美的中山路，是不是很孤寒的？

街頭的夜的髮叢，就簪著玉釵似的月。

ＳＭＦ，面對如是潮聲泊泊的灘頭月，你兀立在黑暗中，且能藉一顆原是年輕得易於感傷故國的旅心去想些什麼？那時，你一浪就是千里，當你漂洋過海掛帆去的時候，南中國海的一船月光是如何膺斥你的胸膛的？而一回首，中山路的街頭又是怎麼一枚冷冷的下弦月呢？

此間，我很孤獨。

在遙遠的海島上，砲聲之外，我已是很難想像在子彈哭泣的陣地的夜裏，你把生命彫成一腔怎樣的粗獷了！於是，每當走上這洶湧的月街，我便那麼孤獨，及哀美地想到你，想到多愁多難的土地。

ＳＭＦ，你說那是如何的一片江山情啊！

ＳＭＦ，你說那是如何的一片明月心啊！

夜色悒悒地伸過街子，用一隻蒼白的手輕輕撫著一扇扇曾是餐風飲露的窗子，那種像一把白森森的刀子般刺入我心臟的感覺，對一個祇能在圖案上尋一片秋海棠的孤哀子，是多麼悲慘絕痛的感覺呢？淺淺的月色下，他們睡得多甜，多安樂！可是，他們是不是也偶而想起在喧嘩之后的異地海灘上，夜能沉澱多少萬骨枯的孤絕哀思呢？或許他們不懂，然而，我們是不是亦可以在一段迢迢的旅路中一仆不起？我們的龍族已够悲哀，已够困頓了，何嘗又使之在我們年輕激越的手中再承受創擊？

ＳＭＦ，也許，那不是瀟湘月。

ＳＭＦ，也許，那不是月亮節。

甚至，一昂首，什麼也不是，什麼也是黑暗！祇不過，我們一生下來，彷彿就註定在彼此的人生行囊裏就塞滿沉甸甸的顛躓一樣，便得不斷去鄉愁，不斷去奔泊！

如果，有月，有那古瓷般典美的月照在我們肩上，你能臆揣得到，一街的朦朧的古漢，或魏晉嗎？至於，是不是眞的能因此而長思那重重濤浪之外的金陵，或江淮，我的確已雙腮淚滿襟了。

ＳＭＦ，你曾來簡殷殷告訴我，島上的月潮幾近是一闋故鄉的傳說了。

而SMF啊，在疊著寂靜的中山路，我告訴你的可是溢出心房的濃濃懷傷心緒？

我常常裝扮得十分瀟洒，這可是美麗的錯誤？而我可有一顆熾熱而成熟的心啊！我孤獨過，我哭過！用我的心去孤獨，去哭！我恒想：所謂的中國，就僅祇是故宮裏一卷潑墨而已？

決不是的！從千古的弦月以來，所謂的中國是一張軒轅氏的深邃的臉！你是。我是。他是。而且，能夠在一陣酸惻過一陣愴泫的淚光中醒來的臉！

有時，我們沉默，可是，卻不表示我們懦弱！

有時，我們憂鬱，可是，卻不代表我們無知！

在作爲一個淪巾青衫的征人的你我，如何時時刻刻去沉默，及憂鬱也是必要的。

SMF，街上的月光好薄好薄，說什麼我應該把它摺一片夾在書箋中寄給你的，是不？

但我卻無法聯想烟波江上使人愁的悵惘，在懸念的那片水邊上，是否還可以載得動一隻蚱蜢舟？

夜很深了。深似水。彷彿，浸淫在子夜下的髮叢也輕濕了。

不遠的橋頭，低低流來漲著潺潺月光的水聲。

有月亮的時候，走在街是朦朧月是明心的路上，我就淒美地想。

寥涼地想。想——

鄉愁・鄉愁之外

1

鄉愁，有時是一封欠資的信簡，是忘了貼上一枚薄薄短短的郵票？或是忘了寫上收址？或是箋語超重？也許不知寄梢給誰，抑信程太遠？

鄉愁，有時是一隻斷線的紙鷂，上面曾沾著苦澀的口水，單純的歲月，與雜亂的思念，像一張所謂鄉土的臉，越飃越遠，越飃越模糊了。驀然間，拉著斷線紙鷂的手再也放不下來了。

鄉愁，有時是一支雨中的油紙傘，傘上紛紛響著古漢朝代一般深邃的水聲，腳下踩住濕濺一襲鬱鬱唐裝的寂涼，從路的這一端走去那一端，就如同總會想到古中原的一江烟雨，一撐就撐入潑墨中。

2

當我因失眠而感到眼睛驟痛時，便無端端想到你。
當你把髮叢綁上小小的蝴蝶結時，是不也無端端想到我？
當我在黑暗中點上一支紙煙，便不經意想到你。
當你淋著雨點穿過漁港路時，是不也不經意想到我？
當我赤裸着脚，坐在冷冷的石階上，更泫泫然想到你。
當你輕輕低低咬著手中的筆桿時，是不也泫泫然想到我？
當我孤獨地含吮著下嘴唇，便熟悉地想到你。
當你略略揮理一下頰邊的亂鬢時，是不也熟悉地想到我？
當我咳嗽的時候，便深深想到你。
當你把白色圓圓的耳環匆匆帶上時，是不也深深想到我？

台北有雨

台北之晨

車子跌入臺北的盆地去。一些清綠的風景很急速被拋遠拋失了。車在山麓上，山在臺北上。

車窗外，篩落滿山遍野的薄荷陽光，是一隻溫馨的手。

早，臺北。

車經中興大橋，雨絲竟呢喃了。低訴著長水流？低訴著長亭晚？橋下繽繽紛紛燦花花然的粼波，屬於陽光的雨在此間的睫裏活躍。欻然，宛若想憶昨日事去那城小聚的憧憬；那時，雨來伴我，雨未伴你，你未伴我，我來伴你，從山下過來，我們的小聚在雨中是一漣水窪中的漪漣。而這些往事已遠，像身邊一縷輕烟溜去。

我在臺北的樓谷底。雨打濕躲在騎樓下一張張陌生的臉。是旅人呵！當我往往一次次竚立匆匆的人羣裏，我便不期然認爲我是臺北的過客，玻璃窗橱裏的聲色、紅男綠女的挽手歡笑，流線型跑車的招搖……這些一切在我這過客的眼裏有著什麼特殊的意義？

我非尋覓來。

我陌生臺北。

重慶南路的十字道口，我投一枚硬幣，我舉起聽筒，我知道我已迷失了方向。

（一組組的公共電話亭全響著。）

（多少人如我？旅人呵！）

雨不歇。人不斷。

擁向重慶北路。擁向永和。

西門町在那裏？故宮博物院在那裏？

早，臺北。

早，臺北的雨。

陸橋的聯想

當公車一班班載走臃腫的人羣。

載不走雨的現代。雨在臺北車站前很披頭。

于是顛鋑，于是忙碌，于是追求，日子被穿梭在陸橋的行人裝飾得昂貴。

極願在駐步中看陸橋的一種形象。

陸橋呵！被踩成龍鍾佝僂了。

我停下，向小店攤美麗的女孩購一組煤氣燈。

燈很古典。重慶南路正摩登。

把這組煤氣燈送給那城的你罷。我說。

誰再遞給我一枚硬幣？你在遠遠的那城呵！那城也流淌著雨？在許許多多的花傘雨中，我盼望曾見一個你熟稔的印象。

陸橋默然。人影交疊著。

是以空茫一片，是以蒼蒼一片，八月臺北的秋光千萬重色。

臺北之行。行向往？

我不撐傘。一向不撐傘。

雨是傘。也霖霖。

邀來誰？

雨來了。

雨在陸橋上折摺著。

晨雨㶉㶉。來臺北的時候，總是有雨的清晨。

誰邀我？

我是雨。學得蹣跚的舞姿。

早，雨之都城。

陸橋是一闋漢詞，斑斑剝剝的。

也早，陸橋。

圓環之間

一個接連一個的圓環。一個長街連接的長街。

人聲在圓環廻響，車聲在長街單調。

列車闖進臺北的心臟地區。紅燈、綠燈，輪換著斷斷歇歇的一羣羣人車。在趕急什麼？生活的影子逼緊每一個脚步，每一組輪子，是以在循環、生死、喜憂，一串的起伏線連著血脈。我們創造生活？抑是生活役使我們？

從圓環上的一點出發，往三重？往臺北橋？往南方？往那城？我踽步著。高速公路蒼白地躺在太陽下。

假使又是一連串雨季。竚立去想些什麼和惦些什麼？

一個圓，每一點都是終站，每一點却皆是起站；我們確信這一點點的眞理。街車急駛着，囂聲割破一層層空間。

臺北人，有起得很晚，因睡得很晚。有多少人覺得一個寂靜的臺北之晨是美好的？也安祥。有時霧，有時雨，當陽光錮禁一個城市時，才有人在街巷的一角輕輕推開門扉。有人走過陸橋了。有人穿過忠孝東路了。有人走上斑馬線了。我知道，我是迎一城陽光來的，迎一城臺北的明朗的晨間。

依靠在雨天的騎樓下，一個雨紛紛的午后。不撐傘，有許多人不撐傘，擠在一塊的靜默。靜下心來聽一汐雨情，或許你有小聚，或許你趕南下。我願吶喊！我願盼望！火車站前，疏稀的街車輾壓出如花的水濺，也濺出一片寧謐。臺北，傘城。

書城行脚

地下室。全臺書城。

隔閡了風雨，書籍之際音樂在流竄。我得看見一堵堵被字句或故事或漢代或清朝築砌而起的山，我躲在書香之中。風雨在門外肆瑟。

臺北城裏，更有許多書城。我也一直喜歡在某中足展，或者一個午后，或者一個季節，或者一個歲月。但是，當我匆匆趕回風與雨裏的人羣裏時，有一份與你分離時的依依別情。

因之，我走進城中，走進城中的城中。

我翻閱的手，握一把水聲、握一把有雨的篩落。

八月的時候，臺北之北是否多雨？

中興橋下波粼粼，一片白茫茫的外海呵！望不見烽火中的海棠呵！車窗外，陽光走下緒山的綠田。一隻鷺鷥白影飛昇，亦成禪相。

聽說，北部多寒多白鳥。

蕭白的「白鷺之歌」在山的那邊？景美抑雙溪？

書櫃中的「白鷺之歌」有了再版，有了三版、四版。

走進雨注濃郁的書街了。不注意每一店面書局的招貼和海報，又有什麼新書了？我的筆名許久不再排印在書的目錄中了，現在，讓我再度拾起我的心靈、我的思想，寫下一些心語罷。我是書街的遊魂呵！我是重慶南路。

若是一本書都是一隻手的話，它們一齊向我招手了。

早，梭羅。

早，余光中。

忽然，想到假定馬路上的雨是一章篇的散文或詩呢？我便也走在詩與散文中了。

若是讀多了、讀累了，在轉彎處要一碗牛肉麵。老闆娘對每一位顧客說，薄利而多銷。

幾幾乎乎她也在說，雨呵！請上座。

雨街之外。我感懷一股歷程的壓迫，每當走盡一條街，走盡一條人牆，沈鬱的網便緊裹我的每一汗孔。我們早習慣擠在人街的熙攘裏，而倒却又陷入雨的熙攘中。

走出書店，又走進書城。

一羅列的書之林淌在雨季裏了。我必須踩踐著自己或前人的倒影前進，這時，我渴望亮麗的陽光。霉濕的一些日子長久以來也略使我煩悶；同樣，市街也使我心悸。

還去拜訪北部的雨麼？

臺北盆地的雨瀟瀟。

——臺北有雨。

我說。

夏在相思林

夏在相思林

是的，偶而臨向綠窗外以某種程度的感情心緒去看那一片相思林的濃濃蔭翠，怎能不把一簇簇的相思小絨球子看成一句句的詩呢？

然當今夏頓然昇蜆而起的絲縷急切的蟬聲迴浪在密密林子裏的一刻，我一脚就不自主地踩陷在泣咯着殷紅之血的黃昏底。

而恆是緬懷旗津看海暮聆潮濤和青草湖泛輕舟凝望鷺影的流向來；並且，不止一次地叫孤獨由樹梢上跌落成一林子的劍狀枯葉，一路伸延過去。

那該會是那種積鬱寂寞的心靈存在方式，而我一霎間就被彫塑成一株高梧的相思。

（不論如何，枯葉在此臺地的蟬季裏並非惟一的主題。）

夏去。秋來。秋去。夏來。——如是川流不息，此間，一季相思林正低低哀怨一陣來自遠遠竹塹的風嘩嘩，與飄過十八尖山的雨花花。

靜睇中，又一聲聲蟬嘶如汐湧出林子，湧出一枚原就盛滿鄉情悒悒的旅心。

他們談論着夏日的海濱。

他們談論著來自無處的蟬潮。

似乎，在一定的時節裏，當狠狠的陽光伸出一隻暴筋的手，緊緊扼住林上那朶雲時，蟬和海濱成了六月中必然爭購的一張張記憶的圖畫。

於是，我又不得不沉思起來。——

沉思成去夏末眠的最末晚蟬。

任憑竹塹的風，及十八尖山的雨飄來復奔去。

奔來復飄去。

青草湖走走

眞的，在那多季裏的湖邊，沉思已是多餘的瑣事，更何況沉思的時候已少了。

——不認爲沉思是幸福的麼？

湖，在一聲聲吶喊着走向年輕的小旗幟下變成一片陽光、一陣風、一支櫓歌。如何笑起來呢？如何把手姿揮舞成一隻白雲裏的鷺鷥？

多陽下躍昇的第一朵一九七四年的棹花在水粼粼的淌淌間寫在孩子的流眸中，而唱着一交疊一參錯的粗獷的歌子搖盪成湖子之明瞳，但是，双唇在那？

由石階上走去，走上去，一路在波影瀲灩中，如何你不來？當春天蛻化成水湄的一支白荻，當秋天裝扮成野店裏女孩的微笑時，你是惟一走在心路的影子，終是，所謂的感情便被鳳飛飛唱成一首「流雲」。

（明知，你不來。）

（明知，自己是一朵白色的雲）。

金陽的脚步移向山坡上的一枚小小涼亭圓簷時，南方的傘季是否正繽紛着一街街的十一月節？且是，那城的中山路，你還把漂亮的長髮捽成一隻隻蝴蝶的翩翩舞舞麼？似乎，凝望你的背影離去時，心情的傖然就像多日下的跫音，響在黑夜成最單調的節拍。

此間，爲了一枚湖，可曾醉過！

眼前，流過一抹輕煙的，會是林中一疊夏鷺的白翅輕靈？然而，流來的是一山的青春和片片棹聲，但咀嚼你的遙寄是今夏最華麗的憧憬。

憧憬亦是多波折的舊事，然，多古老多久遠呢？

猶宛昨日開在山坡上的一朵小小野黃花，幾端星月，幾端朝夕，便有了一幅殘凋的瘦容：

如何不悲切？
如何不感嘆？
望江陵多迢嗄？
望錢塘多邃遠？
江山幾重星色茫蒼？幾重月暈渺朦？
我這擧着槍桿，守護着濤聲洶洶的一枚島上的故事的旅人，眞正的鄉思在西湖或鍾山？
多少陽光已焚燃一場場勢必在死與生中掙扎的悲劇，如果每場戰爭都是生活的投影，我的濃濃沉憂會是一隻尋不見角嶼棲所的漂鳥，咕咕復咕咕。
對了？
如果也醉了！
西湖的月色最美麼？
或是錢塘的潮水最悲壯？
如是的湖上，我是惟一的旅人嗎？
那城的歲月是一條小河，無聲，無息，流來，流去。
——那城的孩子，值得我再爲你醉一次嗎？
當我企圖把有你的日子丟擲向水霪霪，湖霪霪的時候。

第一瓣黃葉

聽說，秋天恒是屬酒的故事。

且肯定一杯酒可容下李白的瀟洒？

當黃葉瑟瑟，島上已不見把酒臨風，泛舟棹月的情懷了。如果也舉起一杯酒的豪氣干雲，面對彼岸的故國憂憂，又猶似一枚黃葉的感觸的何種的戚戚然？

聯想黃昏的蕭條，像滾滾黃河的澎湃，一條長水東流，一葉畫舫，漂浪着千古的海色深沉，又那是一個滿膺江山之情的旅人所能如許感受到的？連一片落葉啞啞，皆是一件極其悒傷的事件。

送去山上的春天，鳥雀啾噪，一脚無意中踩在向南的路上，便把靈犀一片片沉淪在初秋的藍季裏，任由遠近的黃葉在視野上餞行。

是的，送春迎秋很容易。然而，一旦失去了一寸血淚一寸江山的萬縷情愫，我不知道，春秋在那片土地上是否還可以被詩人騷客寫成詩或散文？是否春天有鳥噪，秋天有落葉？

當我們都遞上酒盅，紅熱着耳根，南京城已是凱歌千重，陽光千重。

日子不再虛脫在無奈的歌聲舞榭裏。

日子不再癱瘓在奢侈的華燈車囂裏。

縱然，我們飲一盅盅秋天的酒，我們寧願爲血爲淚而醉，爲最後的一滴血一滴淚而詠李白的詩，成劍氣，成今秋最典麗的史頁。

問誰，今秋的第一瓣黃葉何其黯黯。何其濃濃。

春城無處不飛花

金縷衣之一

1

（與你在一起是惟一的主題？）
走出西北戲院的「金玉盟」，便踢一階華燈泛泛。
夜伸出曖昧的手，輕輕地把我們的影子折叠起來。
——我們去逛街？

2

手揷褲袋去灑落走滿街的繁華，就是所謂的年輕？
車水馬龍。人簇街擁。我們以飄逸的步子穿梭每一條街巷的吶喊，而一路默守著眼光。
終是，第二季在城裏喧嘩起來。

3

想些什麼呢？
童騃是一張舊照的擧止，歲月如流。
而爲一回小聚的夜，是否還在飄香的陽臺上去看街燈與星斗同眠，重溫舊故？

4

離別的事件正泛濫在重逢的第五日之晨。
（約你去聽海，好不好？）
或許，某種楚痛的經驗足以使我難安，像無纜的一艘小舟，從無處來，由無處去。

5

感情擊傷我的弱點。
我悄悄站起來，試着去慢步。
離別和相聚，全是一種過程的哀美。
——爲什麼不呢？

彷是一朵百合

金縷衣之二

1

盛夏中，第一朵百合是綻開在南方的陽光麗麗中。
我由風城地塹奔來，想告知你，成一眸純白的摯眞。

2

你走過來。我走過去。
漠視熙熙中山路的車聲人影和沒落在陸橋上的蟬嘶咭吭。鬧街在大統百貨公司的橱窗裏裝扮成一具長髮的模特兒。

3

花色領巾在你襟上迴蕩。迴蕩。
（一枚蝴蝶招搖而來，並且，鑲簪在一朵百合花瓣間。）
你是彩蝶？
百合是你？

4

風著迷你在紅磚道上款步而行。
遂是，引牽你我一唇的淡淡微笑，比肩把陽光摘下同行，走得很慢慢。

5

心路甚遠。心路甚迢。
然，我祇願陪你談一些話，走一段路，再遙望燈火闌珊處驟昇一朵白色的百合倩倩依依。

共翦西窗燭

金縷衣之三

1

寒食節的那天，我是綸巾的玄衣少年。
在短短的雨季裏，我是飛向南方路寫成一篇典故的火鳥，于月光如水的浩瀚上泅泳。
自然，汨羅江的歲月已很遙遠了。

2

落地窗的意象很美。
安樂椅上的你更美。
擧起威士忌酒的醇美的手，飲醉般垂于夜風習習中。

（為什麼不說你？）
（為什麼不醉酒？）

3

液體裏的櫻桃是小聚的火種。
焚燃一張沒有燭色的夜晚和一段鴻羽的思念。

4

悼去夏第一片火樣的鳳凰，想第一度溶在音樂廳冰咖啡的初晤。
花壁間的小燈流瀉不盡滿室的柔和。
而任冷氣和音調劃過幽幽的臉龐，而任陽嘶吼。
我想，旗津的海潮正昇也落。正落也昇。

5

如果我是我。如果你是你。
在六月。雨聲驟然響過的叮噹裏，你我究竟在想些什麼天明去的歌？

頻頻揮手向雲

金縷衣之四

1

莫要說再見，那是屬於所謂「童年」的樸摯。
南臺路。不二家商店。生活原是不斷的來去和去來，固且如是，還不該擁一顆稚心的淳淳？

2

一個禮拜的假期，都唱成一首「陽關三疊」？
然後，騎着單車在城郊的路上談一季仲夏的熱情，把陌生擲落成紙鶴飛。

3

雲翳層層。風顏漠漠。試問。在多波折的環境下，有多少寫訴不盡的哀忻事？

相聚誠然不過是一種心靈的契合，而離別是一縷雲煙般的愁悒，却構成一條路的延向兩頭，展遞無邊。

4

當海暮頻頻濡滿濃一處淺一片的夕色時，一隻漂鳥的飛姿是足以令人蒼傖滿臆的。

祇是，浪汐依舊綿綿花花。

祇是，濤聲依舊也昇也落。

渡船去的時候，你沒同行。

5

對過去的追憶是否已經剝落得祇剩一箇微皺的字跡，在歲月的歷程上留下惟有的流向之痕？

瞬時被拉成恆遠，拉成無數的思念的疊積。

(思念却浪跡在天涯暮暮，尋覓去夏晚林最末的一聲急切切的長蟬。)

此情可待成追憶

金縷衣之五

1

一季很青青的陽光被我摺成一湖可愛的年紀輕輕。
青草湖。泛去一舟櫓棹的調子成蔭，並把越過山影鬱鬱的白鷺隻翼幻想一個白花花的舊夢。
——如果你也坐一葦船頭，多好。

2

歸去南方，似乎幾近一種慕情的感觸。
南方有你。是因爲南方有你？
如何學得在迎向你的瞳子時走成的一路像西門町的浪漫？而你盛開成一朵南夜裏的白色百合。

3

自己私自燃起的第廿二根紅燭，在許多個秋天下焚着濕濕的感情，而且，哭泣一序屬於心靈的雨季。

4

友情是一篇怎樣平凡的詩呢？
如果，逝去的終歸要離開，明日還是染滿金晃晃陽光的明日麼？

5

北上的列車靜靜地接受一羣擁熙一羣旅人的嚷嚷吶喊。
晚風很憔悴。但月臺上寥寂地祇見你漸揮遠的手姿。

心事

1

不再讀霍桑，不再讀浮士德，自怪也不能怪誰刻意安排的聚會之後，我幾乎日日去翻讀你那安靜的臉。

像一首詩，擺著。
安靜地擺著。
那是一次詩人的小聚，我偶而抬起頭來，細細思索著，如何構築那首詩。

2

我要告訴你，我的生活是如何如何度過的。

例如：

整個早晨，我伏案苦苦去想那篇「懷人三卷」詩稿的第三段，有時捧心的咳嗽，都會叫一切的思緒受傷。

甚至，我久久與一堆排列整齊的字跡互視，從院子裏乍然闖入的一枚小黃蝶，跌跌撞撞，把我一下子撞得心頭更亂。

3

背錄音機去採訪楊靑矗。晚上，回鳳山的時候，夜路在車燈的刺擊下，我感覺每株飛退的樹後黑暗裏皆藏著你。天空，一隻鳥飛過，牠不斷變換著飛行的姿態，我看得很淸楚的。

之後，我躺在冷冷床板上，窗簾在右手邊的牆口翻掀著，我始相信，自己尙想你那麼深。

4

我孤寂地啜著不純的飲料，舞會在扭曲的一堆形體間隙中把熱量提升。我該怎麼想像你在靜極的睡夢裏，安祥入眠的？恰似一尾暴風潮嘯底海中的魚，我從陽明山的夜色一幢別墅裏想找一片寧靜的海。

而我，始終在黑色的海底裏，吐著心酸的唾液，及泡沫。

5

看台上的夕陽，移過左外野的計分牌上去。

漸漸地，四周的弧形座位上坐滿星光，跟一些蟲叫。我略微換一個姿勢，彷彿剛升起的弦月，弓著。

一九七七年之後，我第一次掏出胸中的心事，把它擦得像月亮的亮。心想：

你我可能都是一場球賽外的觀衆而已呵。

6

有一年，夏天。我躲在車隊的一輛車座上吃一枚青蘋果的酸澀，我也感及有次沒見到你的，苦。把表皮及核子一塊呑下的苦。月光，躲在相思林裏。

夜下回到營舍，取出信紙，悲苦的世界呵，我寫詩的右手，常堪驚的失態於將讀它第二遍的你，手是不是亦顫慄心懸過？

7

我不安地藏匿起一面鏡子。
趁月光最亮，我衹藉此看你，看你。
非我。
非唇。
非額。
非髮。
非鏡。

8

報紙說，颱風將肆虐中南部，並帶來豪雨。我相信。
我相信。當今早我的速度在寬廣的高速公路一般的路面上馳騁時，雨恁打整個視線，以及我的身體。你該知道，那時我衹能以瘦瘦的軀體去阻擋雨勢的狂飈。一路上，且以時速九十的感覺
擔憂你。
擔憂何用？？？？

9

我們彷彿都在彼此設下的一種秘密裏，活著。

活著，並不是很平凡的事。我的熱情和冷靜又如何？你一直堅持你天空似潔淨的臉，既使鳥叫無痕。

一連好幾天，天好潔淨，我埋首整理著詩稿。

像整理你的：

臉。

10

喝了一點酒。就嚷著：

李白，乾杯！

最後，我祇能躺在床上痛苦地讓你爲我清理胃部的積鬱，頻頻用焦灼的眼光看我。我始有刀割的經驗。

而我的視覺多像驚慌失措的鳥，盡使雙翼的力量，仍避不開你遠遠的焦距。

我再一次被捕。

冬簡

1

想必然，一點點冬意，是來從你寄自K城那白色圍巾的感覺。

晚上，我已慣於由木柵回到有著冷冷水光的新店溪防溪堤旁的小巷子裏；那些透著溫暖顏色的玻璃窗，那些孤單擦肩而過的歸人，那些伸出磚牆外的喬本植物，總是叫我連著冬意，再連著白色圍巾去感動一陣又一陣。

那日，一上喧嘩的臺北，就趕著去忙學校註册、找工作、尋住處；最後，才暫且決定在需轉兩班公車上課遠的永和，寄人簷下。接著，去函給你報平安。然而，內心尚還惦記離去K城月臺的一刻，你未守約送我。冬夜的手觸在我緊抿的唇間的時候，而北上二十二點四十分的夜快車正轔轔。

自彼時起，我已意識在今冬將想你想得很厲害。

2

從中央圖書館轉進植物園，我所有的感覺皆極執著地去想像一塘殘荷的樣子。上回來，陪我的那孩子細細地告訴我，那荷們給她古代中國的感性。我側臉望他。他羞赧的臉剎時漲成一朵多荷。

多天，已經够瘦骨够病容了，再瘦再病，就要瘦入病入詩裏了。（這樣，是才不會有江南的感覺？）

我眞想坐下來，靜靜地思考，思考如何走出這片荷色。趁黃昏。或者，再去圖書館的書架中尋一朵線裝的畫荷。

3

過了午後，我如棲鳥樣站在水源路口等車。

一枚多葉走過我印花襯衫的胸前，旋落在車聲轔轔的街頭，恁凜冽的風吹得如同塵土的輕漠。我的眼瞼因掛懸著逐漸越多越繁的城火而感到疲乏。我終於想到，在北回歸線以北的某城，我曾經一樣地守候，守你黑暗中的窗，亮起一片最後最薄的光暈，攀我以多街騎樓下的一束影子。

我抱緊手中的書籍，十八度C的風勢依舊恣情地翻動我紛亂的黑髮。彷彿，在這種時刻裏，我祇能孤獨得叫自己去站得更冷，更恰似一隻棲鳥。

往景美的二五一公車戛地在我視線前停下。沒人上下車。車廂裏的車掌小姐探首望我一眼。吹哨。開車。然後，揚起一陣感覺到的灰塵，及那落葉。

等一切落定。我才想起，等等下班車吧。

而街燈已很密很亮了。

4

我走時，你堅持送我。

那時，仁愛路默默無言伸向兩端。

那時，黃昏在城裡墜了胎。

那時，我祇想在揮手前，聽你低低唱一首歌，眞的。

然而，你婉拒那種淡淡的感傷。

我遂把那深深的渴望埋成山隔水遙的長別。

當，北回歸線以北的燈火紛紛懸于黑暗的唇上。

我已欲言又止。

欄柵外。月台上。你我闋成那年最淒美最秋殤的晚唱。

戛戛復嗑嗑。列車將曳著濃煙載我遠去。

我不願回首，或睽望。

因爲，我知道我將不能忍受一切。

5

鏡子蒙上灰塵了，我才二十四歲。

時間的灰塵也在額上也砌起不淺的歲月，這很容易明白，今天跟昨天比，今天顯然現實、成熟。

而我也太去注意一株樹的年輪了，這和自己常自喻爲一株苦楝不無關係吧？風、陽光、雨，好多好多的東西都是一把斧子，經意與不經意的把小年輪鑿成大年輪，然後又鑿葉子，直到那樹祇剩一個破落的大穴，直到那樹不成任何意義。

我想我會同意自己這種說法，而且很高與有此般聰明的思想。

如果一株樹也去羡慕一隻鳥，或一片雲，那將是很悲哀的。

所以，我二十四歲了。

所以，我堅信如今自己還是一株樹，高高、瘦瘦地站在一塊土地上，活着。縱然，灰塵依然抹了我滿臉滿身，我在天地間仍站成一株像樣的苦楝。

6

也許，我還是摯愛着這小鎮的一切的，既使白天仍然到處喧騰著粗鹵且刺目的景象。

那是有一回夜晚，騎車路過F街的牆外，幽幽的夜蘭香郁郁充斥在撲臉的風中，這是日間難得享受想像的。清清的夜的手婉約地撫住篩落的淺淺生姿的樹影，二三枝把平凡的夜街挑逗起來。

再遲一些，幾輛外地來的計程車疲憊的旅人一般野宿在街頭藉著白白的水銀燈的燈光打起盹。

我在屋簷下的小小麵攤上坐下來，看擴散不去的蒸氣素描著那老板沈默的臉，及不斷揮動的手勢，一時間裏，我深信著，生命的意義在於恬淡的可貴。

十字路口，四周閃著的警告黃燈，已不再具有威脅的嚴肅性了。一隻猫，徐徐穿過街心，喵喵。

我緩緩走回來處，關上門時，發現街上的月光很清淺很水。

也是小札

1

街雨穿著冬裝來了，以極典雅的款式。

疏疏落落、稀稀縷縷，衢中有人撐起繽紛的花蕈、雨聲玲瓏中倍增姿妍。

想到城郊的那條野徑的。據說：是通向很荒野的某地。

而雨，而徑，全在深深的思維中。

雨若也來此散步，會著什麼樣服的搭配裝呢？

城裏有雨，雨在城外，自然是多雨了。雨中的我，又是想些什麼？去野徑的時候，多加一件外衣罷。

2

在微雨下，我聽榕子落。鏗鏘然。

已過幾許成熟季了？許幾？

一樹的喃呢，是雨聲是葉語？總是一年又盡秋。

此際，檢拾過落葉語？我是秋的旅人。馱著沈甸的凉意，日子也冷濕的。

有榕子抖落，一枚、一枚又一枚；若有語言，會低訴些什麼？我願聽。而聽言：秋的故事是很淒楚的，雨絲如淚串的滾動，于葉脈成顆顆晶瑩。

有人說，秋是藍季。

於是，我想到雨也藍、樹也藍、日子亦藍藍。

嚼蠟的時序也該遠飄了。

3

蘆葦上的黃昏，有我迤邐的碎步。

雨過天霽，山坡的幾縷荻花由於斑剝而略顯老態；小徑上自然是泥濘的，小火車的軌道就在山坡間的草叢中消逝。有人在蘆花下的池塘清釣，一拋就是千里波心溢溢，然後釣盡一個野鄉的暮色。

橋下淺灘的溪水輕輕絮喁，紗網在一個老先生的手中泛閃出璀璨的波光，網些什麼？看他吃力地爬上岸、走遠了。他或許就住在溪畔的鄉村人家，每天他皆作如此工作麼？泥濘路會遺下他歲月深深的跫跡。

又將是葦花季節。我想。

會有人蓄意來探訪蘆花嗎？也許我、也許風、也許秋雨、更也許他——陌生的老先生。

我悄然地來，又悄然地走了，沒有攜走什麼。

遙望迴響的笛聲南下和北上的列車，能載動幾多輕愁？

我的獨步在軌道上悵惘著，把淺淺愁思留下，留于蘆葦上的黃昏。…………

4

有繽紛的斷想。

捎寄夢城的書簡，寫在白雲素箋上；曾是一個花樹季早成茫然，繽紛之間裱飾爲記憶的小箋。

而若迷失。而若蹀躞。你會說，小別勝長聚。

一日的黃昏雨，我似曾對你說，或許該出去淋雨的，於是你笑了，我也笑了。

默竚在南方的橋上，竟也想着你；白雲絨然、蘆花絨然我也許眞該問問那戴笠削瘦的小孩子，這地方叫什麼名字。而他挽著一籃採自菜圃的夕陽匆匆離開了，我知道明日他會再來的。

如今你不在，我如何携你過橋去尋野花？

坐在橋墩下，和薄薄的溪水絮語，我們是各自聽不懂對方的語言的，然而我們慶幸各自有傾訴的對象；把我的心曲帶走帶遠罷，旣使你不懂。我未覓著半片浮萍，否則我會將它供養在我的玻璃花瓶裏。野花和浮萍，你喜歡什麼？我會喜歡那藍色的小溪和那修長的那孩子。

那城還繽落紛飄著黃昏雨麼？告訴我。

何日再逢？倒是此間的雨是很南方的。

歸去的時候，我沒有摘一朶野花，自然是留給你的。

我且可盼望？明涯小聚？

5

凉凉夜。斜斜影。長長街。

誰與我同行？

晚風竟是惺忪的滑過零時的指數，踩碎了的跫音徒增邃謐的夜色。飲下罷。飲下月色如酒，豪飲抑淺酌？醉了，就數著影子和街子回去。酩酊的不是我，是踉蹌的夜風。我看它扶著橋頭嘔吐著，風燈也搖曳。

該眠了。星子亦眠？

空蕩蕩的長街，且容一月涼秋。秋意在屐跡下深濃，多甸重的一跫呵。

與我同行的唯是自己的長影瀟瀟。

夜闌

1

昨夜，驟來的一陣山雨，落得那麼有些陌生那麼有點曖昧。
於是，我就喜歡昨天那一窗外夜了。
去喜歡一些事物是無須理由或藉口的，因爲有些理由並非理由，有些藉口也非藉口。

2

——想一個遠在冥冥夜天一端的你，好不好？
——你說，你要唱一首歌給我聽。
——唉，你我之間像不像一支永不盡唱的夜曲？而星子呢？月亮呢？

——夜很亮的時候，你可知道我在追尋什麼？

3

幾個屬於旅人的夜迢迢的呢？
那個老班長有一張滿是歲月的臉龐，而且，他愛喝酒，喝了一瓶又一瓶，喝了一年又一年。
我常常在黃昏下看到他瘦弱酩酊的影子很孤獨無依，我就無端端傖然。
他一個人，零仃而來，又將孑寂而去？

4

夜色在大都會的黃金時間裏是頗昂貴的。
詩人很窮，是買不起的。
詩人祇够買一些筆和紙，買一些子夜很廉價的謐靜。

5

去年的月亮節裏。
記得怎樣去唱那首你爲我譜曲的「雲鄉」歌子的？

還有，你吹奏一夜沒有月暈的琴聲如流。
你可記得？阿三。

6

月光光。月圓圓。——人生如幾何？
月色照在我們的臉上，我們惟爲吟一曲歌而來。
坐在蔓草萋萋掩體裏，我們點燃紙煙，也低哼一野寂凉的五月節。
問你，唱一支什麼月謠迷迷。
該是記得，我們正漂泊著。

7

想想，夜闌的豐腴像女人的胴體。
而我依舊冷然，冷然猶如一條落漠的街。

8

我長長的髮叢是黃昏山岫的嵐靉，飃成一朵雨季。

山徑上盡是泥濘的陳蹟，把星星一枚枚貼飾在流漓着的山夜裏，而且，說是願邀來七夕的回想。

9

拎著包袱，裝起月色和日光。
就嚷着說，流浪而去，漂泊而去？

10

噙著淚，噙著一個孩子的緘默。
我欲狂奔，而竟把濃濃的夜月撞倒一地。
遂是，一個耳逝的故事遂被塑成一枚秋天的註譯。

睡在風裡的午后

1

誰在午后的窗外以孤獨的姿態駐步？並吹響一樹葉笛如裊。

一序列一序列的隊伍正爲一次攻擊前的準備而接受命令，綠色的衣着，迷彩的頭盔，像一叢屹立在風中的林子。

沒有號角，沒有吶喊，默默地必然付出生命及生命之外的一切，像睡在午后懷裏的一枚落葉，在付出新綠的燦爛生命之後，也必然在秋風中再付出軀體。

2

一首詩是屬於寂寥的午后的。有時，居然也像一陣風的迷離。

風在防波堤上，防波堤在陽光下，我在那裏呢？當我懷念般地躺下來，陽光為我披上溫馨的褥被，風為我掀翻一瓣淡去的記憶。近處的林子是山鳥的國度，是單純的。第三季的陽光流出林子，流向藍潭的繽紛湖上。

舴艋呢？

櫓聲呢？

應該擧起槳，划起棹………。

但是，一切都屬於記憶的印象。

風流過。陽光流過。記憶流過。

倘若我是詩，我是散文。

倘若我的詩，我的散文的寂寥迷離，誰又記取我？

3

秋天，在那穿迷你裙的女孩身上風流起來。

想到一個很變化的秋天的，而且時常去想著，甚至一片落葉或一泓殘水，對時序的感覺竟如是不經意。我說，生命之痕像一池平靜的水，任何外來的意象或物象皆爲泛起一漣漪波的小石子；何況，我們多具多愁。

如果，想到再去尋山之情愫的話，不免惆悵，多少帶些久遠的淡意的感觸存在，這似乎應歸於一種現實與不現實的感情的交織吧？然而，我們亦是反芻的動物之一，恆常把回憶再再次次的咀嚼，用痛苦的方式去表現，而且是只容自己去承受，不知是感情役使人或人役使感情？

許久以來，我的眼瞳中不再印影着你的一瞥了，這令我很悲傷。因爲我時常想着你，我的天空不見一片雲或一隻渡鳥，空曠得像秋野的伶仃。那城的午后，中山路的石磚道把陽光扼殺了，我是被放逐的一只紙鳶，因爲風也被秋日分屍在街角巷尾，我還是墜落、墜落。猶如一片夢裏的疤，使夢突然凋零、凋零。

迷你裙的女孩由眼睫中走出一束風景，幾許如你的熟悉。我目送他消逝在陽光裏，像風的飃緻。

第三季很流行了。

第三季很流行了。

我悄悄說。

我悄悄說。

我被放逐。放逐成一只午后的紙鳶。

從陽光的裸足下走去，似乎什麼也沒留下來。

4

桌上，平靜地躺着一朶殘枯消瘦的玫瑰，鮮紅的血就染滿了它的每一寸原先皙潤的肌膚。常在一個平靜的生與死之間，死彷彿較生顯得平靜的。我之所以用「平靜」，祇是想到生與死兩者或許全然只是一個印象的產生，因爲生或爲死，死或爲生，而生或爲生，死亦或爲死，其中的分野僅在軀體與精神的涵蘊存在而已。

窗下風，拂着它安祥的臉頰，而它不語。

午后的太陽在林外煩囂、奔跑，累了就躺在林子裏諦聽一個將過時的暮夏的殘蟬；然後，也睡着了。片片枯葉叠住它的肩、胸、足和臀。於是，好像有人在林內談論一襲秋裝了。當一切都平靜地下來，會想到什麼？

玫瑰也一樣靜靜地躺在那兒。一個午后。

午后之后，我看見桌下有幾片殘瓣，也平靜地躺着。

窗下風，依然拂着它的臉頰，輕輕地。

5

我孤獨下來。

（平靜地死去。）

你如雲煙一縷，祇留下我孤獨的心湖上一縷煙雲。

（誠然，我已爲自己築起一座孤獨的城堡？）

由那城的華燈之下走過，像徘徊在一片戰後的廢墟之上，創傷再度迸出來朵朵鮮血，我會踉蹌而逃。

那是一個很陽光的午后之行。陽光如一隻手掌的熟稔，而你的影子卻在陽光的背面蒸發掉。我恆是孤獨地來，又孤獨地去。我無法知道你在我孤獨中佔有多少自我，但是，爲何我總那麼輕輕易易讓你在我心中脫逸而去？

（因爲我已慣於孤獨？）

你穿着風的晨裙，靜靜地來到我身邊；當我睜開眼，你祇雲煙一縷，掠過一湖死水。

6

在臉部塗上泥巴僞裝起來，好像在突然增添幾朵華燈下的小鎮，使人沉思。在那個似犯有虐待症的年輕下士班長的一聲口令下。

當我衝鋒，野風就響囂在我緊握的卡賓槍的槍口上，我的心便不自主地絞住一塊，我必須承受薄衣之下凛冽，一如衝入甘蔗園去被芒刺戕傷一樣。

夕陽下的晚風薄荷一般的，黃土草叢幾分枯槁的冬顏，總令人沉惘。收了操，戰歌聲中的歸途裏，又彷彿聽見一絲攻擊的呼喚。似遠。又近。

7

去那長堤走走，眞好。

長堤下有潭。潭裏有長堤晚。午后的潭，風在其上很風情很輕柔了。而如果睡下來。就睡在長堤上，我是一株衰柳青青。

藍潭，你一定走過的。爲什麼不呢？

挽你去走走，眞好。爲什麼不呢？

潭子很寂寞的，在那一羣年紀輕輕的女孩子無意間把串串歡笑拋落在此間的某一個午后之後。

潭子很像我稍寄給你的一箋藍簡，也藍藍。

——許久不再給你藍簡了，以後還寫麼？

我搖搖頭，搖成一潭粼波漾去。

8

離開市廛的那間頗爲宏偉的寺廟前廣場上的野臺戲落幕了。一些近乎也像市廛的聲音再從寺廟的一個迎神會節目下沉落下來。又恢復一往的寧靜清幽，祇有那收攤的歌仔戲臺上零亂的什物，看來幾分愴然。不知從何方向吹來的風鼓動着戲臺周圍的五彩布幔，像迎神會上被高高擧起的幡旗祭旌，絲絲作響。

亭下，我屹立成如是一尊菩薩，我以禪心去審視一番人生的風景，人生就像一齣戲子的詮釋一樣，有開幕與落幕，其間的演技須由自己去擔任扮演。

或許，會想到什麼的。寺廟上的飛簷閃出一片陽光，又落在戲子的戲裝上。

風又響了。響在被拆了祇剩幾支單調木椿的倒影之上，有些傷感。

9

對於你的影子又應如何註譯呢？午后的黃昏常癱瘓着。癱瘓在城裏往山上的那條街上。一段日子的秋季過了，秋風在落葉徑上嗚咽而去，且可曾再留住什麼？想到徐志摩一首——

我走了
誠如我悄悄地來
揮一揮衣袖
不帶走一片雲彩

我是否也如此瀟洒呢？偶而，我常想，一個戲是否該全然要有存在一個結果？沒有結果的結果是否很悲慘的？有結果又如何？

一直我是雲，是旅人；雖而，這可意謂是蕭洒？一直願從你的影子裏走出來，走出一瓣夢羈之囹。

10

大概，一個風中的午后是很羅丹的。眼裏遠遠的一叢竹林已換上春裝，新綠在上面很年輕，幾幾乎乎一個很顯眼的三月已蓮步而來，冬繭的枯槁像河上的粼粼波紋，流過時序的胸脯。我還是很願意去那綠林的，有時，竹葉就乏力地颺在肩上，那是很美學的。

陽光碎了，碎在竹林裏。應該還有你在，祇因你在遠方呵！很靜的，惟有風在，惟有葉落；祇是在三月之后，是否還見今景今情？

我將遠去，我尚有一段幾百個流浪的日子。

屬於雨季

1

六月初醒，便連連續續落了幾天的雨。

聽，跌在木屋上的聲音！那乍急乍緩的。

我的床鋪上天花板漏着雨注。這多年乏人整修的木屋子，聽說在有雨的日子裏，常在和雨私語。不知在討論什麼？

2

有人及我在屋內亮起衣服，衣服還是從雨中的晒衣場上搶回來的。不久，屋內的地板自然也留著雨的足跡了。

走進「熟悉」的那小麵店，「熟悉」的老板，「熟悉」的麵攤子，「熟悉」的小櫈子，一切皆早已在眼簾中建立起一個刻深的印象。

我要了麵。老板則談起雨季來了。

猛地，我才發覺今年的雨季已隨著蟬啼的六月闖入我的心靈。可也自以爲熟悉雨季？我自始在聽雨、寫雨。在若干個雨季像泛叠在水窪的漣淪，而往往在迎送之間。且還算雨季？對此歲月般的時節，我們不免徬徨。

走出小店了，茫白白的一片在育樂街頭上。

3

圓環上綠園亮麗了。

中山路的馬路上淨潔了。

我在想，公園裏的蓮花亭立著？

有人蓄意去公園看雨下的蓮花潭子。我或許該去的。那日，車經公園外。隔著稀疏的林子，我瞥見白素素的蓮花羣熟了，不經意便又激起我思慕之情。

或是再說，撐起傘來；走上雨街和多繞一段路，就也爲求幾分詩意和滿足。

或是街上騎樓的一次駐步，看浮動著的傘影，看庸碌在斑馬線與地下道的人潮。

呵，呵，我的髮叢濕了，尚有那孩子。

4

許多人在耳旁談及雨季，我聽煩了。

雨的霪霪畢竟也帶給我一時的煩惱，諦聽不到蟬潮的高音；有時，祇是片斷似的獨歌。是不牠們也厭棄這被雨霸佔的日子？一隻蟬影孤聲飛去。

不見鳳凰紅滿株，却看絳英踐落痕。

雨珠渾晶晶掛在葉梢上，千萬的眸子在收蘿是一朵朵的風景呢？串起的不會是我們平凡的手。

5

誰在雨的長廊下露宿？

而唱一支沒有調子的調子。

一首唱給自己聽的歌也可能是給別人聽的歌；于靜睡下的夜裏，除了雨聲深深與偶而的淡雷的嗆咳。由誰去聽？聽去許多個如此的夜歌了。

這流浪的漢子，聲音却高昂，蜷曲的身子而不斷地抖著。他是淋了雨跋涉過遙遠的路程的。

雨，仍是一副冷眼和漠視的臉譜。

于是，拉緊濕了的高領，沒有何足留戀的。有麼？回塵裏，雨飲泣。

該上路了，又要留下什麼？一聲雨霖鈴。

如一陣風向。

6

雨中歸來。從雨中歸來，我從雨中歸來。

山上的石階，我們拋下歡笑，我們還熱忱於孩子，不是麼？擎開傘和不擎開傘，我們依是濕了身子回去。雨是並不充分緊要的，甚至，在上山之前，我們已料到有雨的。

你呵！友人！

你爲什麼要留下沈默來讓我收拾？我已是過於沈默的人了。白色的雨拉遠了我們彼此間的距離，是因爲我們皆覺得我們都已長大了？若肯定的話，我寧願我永遠擁住那段永恆於小時追逐的遊戲圈套裏。——假如，日子可以主宰，日子是一齣遊戲。

從你傘下的背影讀到迷惘的失落呵！

雨，這一季。那年山上雨季的表白。

7

霪霪然的雲層壓彎了我的肩和眉睫，碎石路旁的枝葉也低低著接受將近的雨姿。

雨思，雨絲。

絲雨。思雨。

蟬在作最後一次的晚悼，風不知在何處殘喘著。一列序的林內，又有人悄聲說著屬於雨季。

我無意間撞在一簇低在路中央的樹葉，而抖盡一樹雨珠的輕濕。我想到一朵南方的雨樹，同時，也是一朵一朵憔悴的風景。

我亦有一張憔瘦的臉上面住進日子的滋長，而且，這些日子純是老去的。

不常去談生命，可是，許多時間中生命如一只繭中蛹，于不停的生長延續，我深信生命的可貴性。諸如我也感到雨季在所有季節的長片上影顯著色調的一小段，縱然，雨季看來是一段很長的時光。

8

突然，有一小節的陽光落在大地上；誰都在想，過了午后還下雨麼？

單純的想法，卻有著無限的盼望；在一生的思想中，有幾件不附帶盼望的成分？我們在或多或少的盼望中茁壯，祇是慾望比我們茁壯得快速，我們因而常在盼望中的蹙眉退却下來。

我不携傘出去，倒携一個有陽光的慾望出去；但是，我又後悔了，後悔的並非爲傘，而是又一次慾望的破滅，雨水很快來到我鼻樑上的鏡片上，眼前的景緻變得模糊憧憬，這世界也許須要片刻的濛朧意。

雨，終究近了。

9

逛在雨后的鬧街，突地想找一把油傘。

有時，思想很是可笑的，買油傘爲了傘中聽雨，更是一念之間而已。

想到那日向晚的海暮，雨是一朵朵零亂的履跡，由無垠的海灘一再奔向另一隅。我是逃亡的浪潮呵！在躲入的簷雨下想你，有人問我想什麼？問我？問石階外的急雨罷。

看海的時節，渡船而去，縷縷雨弄亂冲激而起的水花和波紋。雨亂了。小渡船也亂了。

10

從雨中擠過去，擠過去。我在飛躍，是由飛躍濺起的雨花中飛躍過去。

雨季的風景總原是此般的活潑？是否也要討論，去喜歡雨及不喜歡雨的理由？往往雨的霉意使小小心扉披上淺薄的一層沈重，或者這理由並不十分成立，至少我在一分謳歌一季雨翩翩的此間，一枚風景總是一枚風景，我在風景中。

踩著不時掉落在濕路上自己的影子前進，我迎著雨，雨亦迎我的面龐，呵，又踩碎一面水窪的倒影。——一張鏡子。

那名叫「阿米」的花狗睡了，濕濕的身子，也剛剛飛躍擠過雨絲。

讓我牽住你的手

1

讓我牽住你的手，C。
像我能擁有一季溫馨的友情的陽光，那時，我尚去奢望什麼？能擁有的，你全給我了，C。

2

讓我牽住你的手，C。
大統百貨公司。我們擠向一片瑰麗燈光的喧嘩，我一直挺著胸膛，把我的手輕輕壓在你的纖手上，我知道，我已無視于由週圍投射過來的眼光，我知道，現在的我是一個男孩，而你已不再是一個寧靜的孩子。

甚至，我深信，我的臉上正綻放著滿足的微笑。
化粧部門櫃臺的玻璃亦影印出你春天的明瞳。

3

讓我牽住你的手，C。
每走出一步，你頸上繫著的花色領巾就輕盈飄蕩起來，像迷失在花羣中的彩蝶，翩翩、舞
舞。
你說，你沒有化粧。
我想，一枚彩蝶還需要什麼裝飾嗎？

4

讓我牽住你的手，C。
你幫我揀了一條印色質料有ABC的花領巾。我說，多揀一條罷。你把若有所悟的眼光疊在
我的瞳眸裏。一條送給我的？你輕輕地說。
人聲如潮地淹過來，然而，如何溺沒你我的影子？
玻璃窗外的陽光，正濃烈。

5

讓我牽住你的手，C。

走出大統百貨公司的二月，我們把肩依著，像我們早已熟稔某種程度的歷程。

風好大！我說。

風又急急吹起你曳著的如翼領巾，是的，我又想起一隻彩蝶的舞姿。

你說，是麼？

6

讓我牽住你的手，C。

有一支歌唱著，會有誰唱著它呢？啓自內心底的。

此間，沒有落葉，我們便無需相携到公園裏去看秋天。秋天走過去了，雖然還會有另一枚秋天走近來，因之，我們又何嘗歎喟過去？我們能珍惜目前美好的時光，不是麼？一支歌由你去吟，也由我來歌。

麗亮的街道，青綠的被修剪整齊的小樹，從我們的歡語中延展過去。有人擦肩而過，我們一定被視爲無猜的一雙。我笑笑，笑誰癡情笑誰愚？

我舉起的腳趾，怕踩碎年輕的陽光。
領巾顏色的下午，繽繽著，紛紛著。

7

讓我牽住你的手，C。
街燈開始醺醉了。當夜蹣跚地走過斜斜的斑馬線。
我們該談起什麼往事來？由那一季那一年談起？談談自己的未來的計劃嗎？你望望擱淺在樓閣上的稀稀星光，淡淡的星色如水流濤在你微捲的髮叢上。
晚風輕寒，陽臺上的盆景有些消瘦了。
我們在陽臺的燈影下坐下來，我們談了許多，像久別重逢的故人傾訴，把一些喃語跌落在紅磚臺上，散開去，流開去，宛如一支小河流的小歌。

8

讓我牽住你的手，C。
一些車燈街影在不遠處的黑暗中搖晃，像將逝的歲月。
一聲低低的輕咳，把夜盪起一次感傷的廻響。我們談到什麼地方了？

如果你我皆是一則故事的話，你是在我的故事裏或我在你的故事中？

9

讓我牽住你的手，C。
我們已談了一夜了。此時的時光與囈語僵斃在隔著圓環之外的一條暗街上。我們還可以談許多許多，我們還可以談許許多多個夜，是不？
但是，我們必須揮手了。
一如我們已慣於揮別長夜般的自然。

10

讓我牽住你的手，C。
說一聲再見麼？再讓我牽住你的手，C。

譜一曲季歌

1

棹聲落在涯邊的千葉林子。

當我由綠草夾到的土徑上走去，湖上的槳聲就敲下每枚落葉的季節。有人露營了。有人高歌了。我說，我從一卷畫軸中走過。

是白鷺季麼？沙洲上的白鷺虛凌，是林懷民的舞集。

2

一個山水間的晨曦，成群的鷺鷥啣棹聲而起。一聲脆響是如禪的姿態，搖過一疋粼波又一疋波粼劃過春的驛站。

一根烟、一支歌、一則故事。

中秋的夜裏，我們談詩的深度、談歌的含蘊、談雲鄉及友人。

——夜中，撚一只烟，便是一只流螢。我說。

——夜中，陽臺的小聚，把許多烟抛向夜空，便是一組流星雨。你說。

這不皆是美麗的故事，而且屬於年青人的年輕，你又吹起一支那首我塡詞你譜曲的「雲鄉」來。歌調秋涼，凉入明月，凉入心湖。

而故鄉呵！一首美哀的戀歌。

流螢呢？流星雨呢？故鄉的歌婆娑著。

3

臺北有雨。雨正繁華。

車落盆地，一片視線外的梯田之後便是雨幕烟濛的城集，一路上作一回回臺北行程的巡禮。

若說愛上北部，不妨說愛上那些雨裏的白鷺。

千山上、千山下，一隻隻或棲或翔的白鷺往往使我陷入一陣詩畫的古典中。而雨飄著，向綠田、向阡穗、向中山北路、向西門町、向承恩門。

在火車着站前的招呼站下車，我之能習慣某些市招的引誘和忙碌的車群人熙的感覺。我不知道，還有誰會在陸橋上駐步來眺望足下的大塵世？在繁榮也在羸弱的城市。九月的雨勢將洗滌一些市塵的泥濘。

我或應該去喜歡雨的，這裏，沒有白鷺的自然。

一過三重，一上盆地，便又不經意在車窗的雨景中尋一帖純白的詩，如禪的詩。

4

夜，是小鎮中按摩女唇間的笛聲。

那時節，我在時間性裏等待一街寞落的夜笛憂長。那段不知愁却愁的年齡呵！想一則按摩女的處境。

而後，不知何時起，街巷寂靜了。笛聲不再。

聽說，按摩女的兒子病了。她也不再吹笛了。

小鎮的街頭，留下獨來獨往的風。第三季的夜風行。

5

撚上一支烟，一縷奔逃的烟。我發覺，我在拾掇什麼之際，同時亦在丟擲什麼。如烟呵！

那日，九月的山上罷？不是果子成熟季。雨絮遍織一疋山景的漂緻。我上山去，一路把山雨剪貼于一片你未同行的愁悵上。我果能預料山上沒有你，我何必携來滿懷南方的陽光？烟雨昇起。昇起一步一蹀躞之外。

我說，另覓一季山的成熟時上山罷。

山在雨上。雨在山上。我在雨山間。

倘是點著一支烟了，能守住什麼？

6

我疲倦了。我願坐下看一隻夜螢從草叢裏撲向繁星。

想家鄉，想那城，想日子，想自我，想許多的昨日印象；以致令我感到極度的心憊神乏。

昨夜，我聽風和雨。風凜冽著，雨延綿著；小土崗上，泥濘路拓植向後山的曠野去。還會有人去聽風聆雨麼？誰呢？也有人在星夜裏，回憶過往麼？自然，很願再走一回小鎮近郊的透迤曲徑，我捕了一紙袋熒熒滅滅的流螢。記得，我曾興奮地爲守候那些夜螢而失眠一夜；其實，我的如是年齡那適捕螢的純稚？

南方小鎮天空仍是陽光懨懨麼？小河邊的鳳凰花樹尚開得絳嫣麼？那通往禪寺的野徑雛菊依然麼？水渠旁的稀疏葦蘆恐怕盡白了。而誰又去關心這些南方的小事？或許祇有如同我般的旅人才會聽起這些回憶的念頭的。

因此，太多的風雨夜或星月夜底，我常携幾分淺愁睡去。一覺之后，窗外又是滿園滿山的蹣跚悽色。

——昨夜，又翻審一回記憶的檔案。

抓一把季節的謬思

1

正月。想他有什麼用呢？
自盛周。
自寅唐。

2

二月。我高高瘦瘦的影子呵靜靜地陪我。午后。
失血的視線，是漂鳥紛亂亂的交翼。
從此以後——

3

三月。我是一枚中山路逃逸出戰地的蛺蝶。折翼的。
血，殷殷淌染一條此去天涯的紅磚道。
猛一回首，陽光被擊昏在斑馬線上。

4

四月。追逐一朶水蓮之后的禪的美學一失足就被溺斃。
一隻隻嘶喊漂泊而去的白白的匕首狠狠地刺穿左心房。
拎着行囊的憂鬱便以狼之獨步行吟澤畔從山山到水水。

5

五月。還說一枚枚草莓野在不是草莓季的歲月尋覓中？
他的臉把一九七六年的落日道一臉就映成惟一的煙塵。
轉出音樂屋的地下室便一脚踉蹌被火紅的陽光焚爲鳥。

6

六月。一隻黑背的蜘蛛在牆角上懸起一張冷酷的網來。
非搖旗吶喊地呆視黑暗從牠影子的背面出發而出神着。
夜很梅非斯特（註）地昇起自沒有血色的牆而虛脫地張開掌。

7

七月。每一枚鳳凰花上的蝶，都是火。
延續自石器時代的戰火。
一燒。千里。

8

八月。圓環。噴池。伸出地心的寂寞的白色手指。
怎樣也不比他之唇，白。
我游離而出。旋卽，沉沒。

9

九月。晚蟬依然叫着大江東去，浪淘盡，千古英雄人物。却已然茫茫去想像古今多少事，都付笑談中的風流名士是怎樣在日出日落花開花謝月圓月缺間，爲大英雄能本色了。

10

十月。醒自宋代子夜歌的蕭蕭中。秋序遂成。簷下一組的風鈴絲穗褪色成滿目思春意。他，猝地孤獨的凝聚一朵蓮。

11

十一月。仁愛路的他在許多他中是一個怎樣的他呢？總想他爲我髮間的亂雲。

12

往往，我慣於守候。——

十二月。再想他有什麼用？
一截紙煙燃去又一段一九七六年的謬思。
我祇空空抓住一縷輕煙。又丟棄。

（註：梅非斯特（Mephistohales）乃浮士德一書中之魔鬼姓名。）

雨街嘩嘩

1

當一序不朽的深秋緘緘裏，左手把右手放逐的時候。
你在熙熙黃昏的月臺欄柵外，以揮別的手姿輕描淡寫般地把一串記憶塗抹成夕照斜斜裏的最後一瓣舊夢。
然後，遠了。——
讓它飄遠了。——
像漂泊無處的雲或什麼。

2

曾是，你答應爲我唱一首歌的。
（一首怎樣古老的歌呢？）
秋天一開始在野地上綻着朵朵向日葵之時，我離開了那城惟一的街道，讓中山路的一口噴泉獨自寂寞。
（一首怎樣古老的歌呢？）
曾是，你答應爲我唱一首歌的。

3

——伴着記憶成水恆不醒的靈魂吧。
雨斜斜。暮色斜斜。
對於舊事的情懷，而攜一肩南方的執着去旅行，無疑是最無奈的歷程了。雨潑濕了兩旁的雲朵。雨織着。織一幅茫蒼的水墨。
而那時黃昏不醒。
而那時記憶紛紛碎成暮斜外的雨花飛飛。
我說，何不去上街？

4

九月。

九月了。

總爲何恆常惦念着雨季淅瀝以外的事？

人生的路原是一串的挫折與跋涉，在某些顚簸中，我們勢必要承受更負荷的行程而活着；固然，活着並不是很驕傲的主旨。

可是，你想過，活着就需得一如九月的雨季，在山上響着淅淅，在山下響着瀝瀝，而山上山下的尋覓原本就是很信念的標的。

5

中山路的華燈人影如果一嘩然就陷入一抹雨霖鈴的古典情調裏，那間飃着電子琴音的音樂屋還因一杯濃濃的咖啡或一杯冰冰的檸檬汁而低低迴盪絮繞着一個男孩的思緒似水麼？

雨街嘩嘩。

嘩。嘩嘩。嘩。

6

一口七彩繽紛的噴泉在夜裏的圓環，已不再是凝視裏一項久遠得沒有源頭的印象了。

右脚一輪換地踏住一枚日子的片斷，另一枚日子的情緒便緊跟着左脚移動起來；諸此，生活的延續就歸檔在另一櫃的往事卷宗裏。

一朶水花跌撞在我的臉上。猝然。

我駐步。——

且望盡伸展而去的中山路的溟溟，從此間出發，我已走出第幾階的紅磚道？

而脚步依舊沉默。

沉默一種似乎很夜瘖瘖，路瘂瘂的沉默。

7

第一度讓山雨在髮叢中輕輕唱着花非花，霧非霧，山非山，水非水。

我心正盛溢一枚綿綿雨季呵。

雨季綿綿裏的你，你乃睡于水雲之蓮。

一路的北回歸線以北之行，乃浮萍，乃零雁。

且是，如許想像雨聲嘩嘩的悵惻是九月的憂鬱麼？
你，當一朶雲從那城上空飛過，化成一抹雨花時節，你能想像那是怎樣蕭蕭的舊事麼？
這般的舊事。
這般的雨花。
你——
聽！
聽！雨來了。濕漉了中山路街的來來去去。

8

問你，長長絲絲縷縷的蟬季之后，是接續着一林又一林的迷濛麼？
一隻飛去山脚下燈火的鳥叫得很戀情。
風城到那城有幾程心旅的遙寄深深？
雨跫零亂的山上，能諦聽一汐南方未可測及的濤聲是一種人愁或愁人的悒色麼？
蘆花宛如飛絮般的凋殘，而海湄外孤坐一季夏蟬之后的沉思，晚天的一隻水鳥遂啣一疋雨雲歸來，然後，殉情在秋后蘆花枯叢一片蒼白。
期待麼？

期待祇是靜默着落着落着的雨雨雨。

9

逐次，逐次地，把疲乏多時的懷念從遠遠的你身邊收回來，走出你的瞳景，走出依然不絕的雨中。

車聲洶湧的擁擠而來，皆撞擊出一片片殷紅的記憶來

所謂的小聚，豈僅僅是旅程的終結？

或者，把我的眸光疊在你的眸光，成湖泊，或陽光，或重重的雨季。

——挽手去逛中山路多好！

人在雨中，雨在街中。

10

花花。嘩嘩。

嘩嘩。花花。

幾曾何時又一個人孤獨沉思在遠方的黃昏雨的韻律裏，又令冷冷的絲絲寫滿一臉的無依。

誰記得？

誰記得一枚沉悶的夕暮是由層層的雨縷花嘩恣意地在街上癡狂、裸奔？
捎你的海貝，藏在藍藍的札箋裏，那時由海濱歸來，是一味去想念你的影子，接着，且想像
雨街的凝望竟是屬於九月故事以後的追悼。
紙鳶很孤絕地嵌在天上，是捕逐彩霞的輓歌而去？
不久，我將慣於苦視自己幾百日子以來孑然的背影曳曳，在往事如煙雨的夜裏，闔上雙眼，
把一片雨后的月嚼着緬緬。
誰知道，誰知道，雨去之後還會再來嗎？
除了自己尋覓的一分眞摯，我已一無所有。
（雨街嘩嘩。）
（也是嘩嘩街雨。）

和平東路的一組秋聲

1

和平東路，沒有電影街，沒有西門町。
只有，靜靜、靜靜的，秋聲的第一枚樹葉子輕輕地跌入我們同行的影子裏。晨上，昇起自你之髮叢，很放肆地曳落在肩上。臉上。
而我的影子悄然地陪伴着你。
而你的影子悄然地陪伴着我。
殷絳的紅磚道上，右脚竟把左脚放逐到很遠的地方去。
而我是以怎樣一隻鳥的翔姿飛向你的？
飛向你？

當我也靜靜的開始喜歡你時，和平東路的秋天還是在長長的紅磚道上飄着小小的樹葉子，那麼聚，那麼散？

2

我把藍藍水兵褲邊啊邊的邊在淡淡的陽光下，我把花花的長衣領飄啊飄的飄在淺淺葉笛下，你流自薄薄唇間的口哨頓成今秋的一聲絕響。

我已能在你的瞳中，瞥見我之所以擱淺其中的原因。

行吟啊行吟。

風啊。陽光啊。落葉啊。

誠已很十分地能想像台北橋的熙熙攘攘，和新店溪的煙波如泛，在彷彿一幅風景下與你行吟的和平東路，是怎樣的一種美學了。

甚至，你很東方。很古典。

驀然，便嘩花一聲，走進秋的上古詩詞含哦中。

3

不必有柴可夫斯基。不必有舒伯特。

也無須熱門音樂、藍調，及鄉村歌曲。

我和你，只要一杯嚷著糖放太多的酸酸的檸檬汁。

遂相對而坐。——

你面向南方的我。

我面向北方的你。

彼此的時間，只要一杯廉價的液體就可打發過去。

這樣的歲月不太多，于是，我默默注視你在髮掩間的年輕；如果是年輕不太多，于是，我低低沈思你在交睫間的率眞；此般的率眞不太多，于是，我冥冥記憶你在泯唇的浪漫。——一根吸管的早晨，拌滲著糖和檸檬。

4

東南亞戲院的廣告招牌很翠堤春曉，很音樂的引人。

雖然是老片了。老，如果老得可以懷念，無妨去老。

——就陪我去趕電影吧！

正午十二點四十分。太陽老是戴着黃金色的太陽眼鏡，一臉漠然的樣子。我們却一路爭著花四十塊錢去請客，最後，你贏了。因爲，你能在售票窗前先拿出四十塊錢，而我却掏出一張五十元劵大鈔。你贏了。

在和平東路擠公共汽車，車窗外的九月陽光便像滿街紅男綠女地擠在街頭，擠成年紀輕輕。

5

一盤紅紅西瓜的午后，也惟有孤立在車水馬龍中的一株杜鵑才能焚燃一季殷殷咯血般殉情的季節來。而我們竟輕快地在冰菓室裏談着哲學。

試然，不懂得吃西瓜的方法。

蟬聲陷落的陸橋上，何曾識得秋天是離別的跫音?

風飄散你的髮叢，成一朶最東方、最典麗的風景。

你送我。

我送你。

這樣的長亭更短亭，一程賦別的秋聲緘緘，和平東路便緬緬承受一回所謂旅人的情懷，在紅紅的磚道上，影子就突然孤絕起來。

印象

1

不是中山北路。不是西門町。
沒有熱門音樂。沒有電影街。
祇有疏疏的黃昏雨。祇有淡淡的月光。
還有，祇存在一個你。

2

幾條街子。幾盞路燈。幾列紅磚道。除此之外，尚熟悉幾許旅人的印象？
黃昏雨已極陌生了，像一些歲月的記憶痕跡，淡而薄而淺而稀而模糊着，我默緘的視線飛越而去那一片飄絮的雨幕，而成一隻渡鳥，翔向無盡的空曠。
行吟的口哨已沒落，沒落在紅磚道的路燈的街子上。
我掛心地一回首，黃昏雨很黃昏了。

3

去看蘭展。你亦昇成一朵素心蘭。
倘若你是蘭，也願是那景盆，永恒伴你成一束風景。
（驀然，那些蘭瓣碎碎紛紛跌落在你的脚下，你把它們踩成一則離別的故事。）

4

仁愛路。我曾踉蹌地走着。
冷冷的路，涼涼的霧，很凌晨得恬謐地叠積在我的髮叢和唇上。那一扇霧窗，才是屬於你的呢？我的手姿能敲開你的小窗麼？你誠然睡得很甜，有一瓣夢嗎？夢中可有霧有那男孩的獨自麼？
曾且留下什麼？
我的一串脚印由仁愛路的端頭蹣跚過去。

5

一眸華燈從城眉上亮起，像星子。

一張夜在此間柔和得如你的眸子。

我們皆該守住什麼的，是不？然而，我們皆不曾拾擷得什麼，是不？

歡笑的記憶猶若一枚夜星，當朝暾的燦然拋出一束束的光圈時，那必然的易於破碎殞逝。你說，在一個那城之夜以後，我們還醒着麼？

審視一片城中景，遠遠的燈亮起，近近的燈亮起，一枚、一枚、又一枚。

（一個夜，也曾繽紛過？）

6

你不來。雨來。

你在山下。雨在山上。

縷縷雨。縷縷情。織幻一個你的影子。

誠然，我已學會沉默的性格；縱然，他們總有意無意地把你和我混在一起談。眞願像沉默得一座山谷，去深信能容納一切與一切之外。我想。

那日，恒常由山中逃出，由雨中逃出，然而，爲什麼逃不出你的囹圄？恐怕自己消瘦。恐怕自己多心。

7

轉出中山路，轉出圓環，我的心語在公共電話亭前僵死。

巴士冷血地輾壓着我的投影，而且吶喊一街九月；那時，我悲痛，我漠落，像一隻失羣的漂鳥，從人潮上匆匆而過，心事的棲所何處？

從圓環的噴水池上出發？濛濛激濺在午后的水花洒落着，飄出很遠很遠的陽光外，飄出一池白白如霧的夢。

（夢，是最易醒的滿足？）

一對挽手的情侶在眼睫裏哀傷起來。

8

如果時間能淡忘所有，而爲什麼你說始終徘徊在我的心靈深處？于純白的心頁染上一層情感的色彩？偶然，令我心悸且愴然。

再去算那段中山路的紅磚麼？華燈在脚下叠錯着，把紅磚道渲畫得很猙獰，已失去白日下的那分酡顏的摯樸。我踩過去，我心滴淌着鮮紅的血。你很迢遙的，似乎像噴水簾幕的一盞燈，閃着，泛着，也彷彿流失在夏夜河上的一只螢。

9

南方已不再延續着長長的雨季了。可是，那城的景緻呢？是否如昔？

我心有一組雨季。你可懂得？

揮別你時，總像揮別南方一般的黯色，狼藉的泥濘路冷漠在一個南方旅人的男孩心上。

男孩遂是背馱着雨季的蕭然四處流浪。

10

穿過月台的栅門是一種過程的起落。——相聚你或揮別你。

如何詮釋聚與散？人生的座標圖上全然標定着歡笑與哀愁，這也所謂人生，這也所謂聚散。

如同揮手在月台上的人羣，扮演著有送行人和被送行人的悲劇，却平靜地由一枚心去承受、負荷！

如今，唱陽關三疊抑唱長亭晚？

如今，我送你或你送我？

猝然，你高高揮舞的手姿昇蛻一朵凄凉的晚燈。
我欲言又止，匆匆掉過頭，投溺在洶湧的人潮中。

散章一束

1

在遠遠的島上北部，北風已過萬重山。
萬重夜在山間沉思。
——今夜，你不回家？

2

走海的日子。浪花嘔吐一灘碎碎晚星的悒跡
昨夜，對坐何人？
試着由海色的古典上走去。

旋是，一腔思慕很剝落了。

3

焚燃一支煙，于水夜下，
——捕螢去？
——捕一網故事去。

4

無視於鄉愁如雨？就喝一些酒。
醉的時候，三千里路雲和月何在？
雲已非雲，月已非月。我祇迫切飲一杯鄉愁
不醉的時候，誠然，我仍難過地醒着。

5

車窗外，田園和阡陌默默地嘶喊着南方。
且曾對於自認熟悉的熟悉多少？

（更尤熟悉玻璃車窗上顧影的自我麼？）

6

偕他走山水。
他是山。水是他。
而我祇是一枚山水行吟的旅人。
咀着山情情。嚼着水盈盈。
（但是，倘若山是詩。水是詩。他是詩）
（我是什麼？）

7

踢去草坪上的陽光與霧。
中華商場的喧嘩遂沒落。
重慶南路的書香遂沉澱。
輕輕凋意的幾枚落葉就一刀狠狠地刻劃第三季的面譜，留下一條疤痕的冷漠。

8

我泳夜如水。
我是一只善泳的紋身之魚。
試問，南方在上游或下游？
試問，與誰同進一杯酒？
老杜呢？
李仙呢？

9

昨夜。那城寂靜。
白花花下的中山路，灘聲切切何處聞？
草非藍潭長長白堤下的獨白依然迴漾，依然——

10

不是夏蟬季的晚唱。

我畫秋的手勢呵！如何勾勒一篇屬秋的情懷？
蟬唱之后，我離他遠去。
揮揮手。秋遂成型。
遂是，我祇好去流浪。

11

猶是蘆花飛白的時節。
河洲上，秋偷渡而來。
對於一季秋又作何詮釋立意？祇因我們稱之爲「秋季」了。
然後，據傳在某些時序裏，荻葦是秋天惟一的民歌手。
于是，我便匆匆去巡禮一番。
從水湄。從曠野。

12

在那城，他是一首不盡歌。
仁愛路離圓環的噴泉多遠？那些片斷的日子裏，多如噴起的水花，昇起了，又落下。也許，就如此般飄逝了。如何尋？些什麼？
可是，夜裏的那首歌爲什麼總叫人低迴？

13

到湖上去的時候，湖痴笑着一臉如稚。
(總有持着一些理由到湖上去吧！而更有一些理由眞是理由得可以。)
一片湖中的雲恰似一個昨日，渺渺嬝嬝的淺淺煙渡，水蓮是他之靨？而昨日已遠。
瘦柳。夕陽。故人？
此時，見柳不蔭風寂色，湖顏一泛秋已落。
——陪我走完夕照的凄美吧。

14

夜在霓紅燈下猙獰着一張無血色的臉。
任憑喧呶。任憑輾轉。
無所謂浪漫。無所謂新潮。
可以去看窗橱裏多姿的掠髮模特兒，那也就是年輕。

然則，他的背影猝然蛻變成夜裏惟一的星河。
七夕是傳說。
鵲橋是軼聞。

15

睡去時，窗開着，月光在眼睫上踱步。
醒來時，走出石階，晨霧就塞給我一臉驚異。
他說，日子是屬於年歲的也長也短麼？

16

感情是柴里可夫斯基的感情，很「悲愴」交響曲。
當離別的永恒懸掛在沒有月色的月台上，黃昏雨落過，他走了，誰是最後華燈下的旅人？
一味緘默。緘默。
（緘默是今秋最末一聲輓歌。）

在記憶中插一朵花

1

我裸著身子走進記憶的天國，尋一處可以望見南方的高地，插上一朵花。
（嗳，別管我插上一朵薔薇，或水仙嘛。）
站起身，驀然，我瞥見我的影子偷偷地瞧着我，遂是。
我急忙羞赧地紅了臉。

2

（誰說那不是南方的？）
此間，好像我是惟一的人。來憑弔，或送行什麼的。

四週很靜。靜得很曠野。曠野得很迷惘。迷惘得很哀美。而我向南，記憶也向南，脚下的那花亦向南。

三十秒鐘。我能依稀諦聽到左心房正無奈地吶喊。

秒針更向南。自己的影子都跑到前面去了。

3

眞該問問，這是什麼地方的。

可是，我無須如是，因爲，祇有我和花。

那花，就那個無羈洒脫地揷着，似乎祇有它才存在一樣。沒有一隻野鳥飛過。誰也飛不過秒針。

（誠然，我是怎樣記憶中的我？而記憶是怎樣我中的記憶？）

原不該執着，一朶花亦非花，自我的固定却才是無我的實質。而今，所謂南方又豈是江南之南？我獨尊地站着，站成南方，站成花非花。

4

自己都不懂，自己爲什麼總喜歡去插那麼一朶花，也許，記憶是一個男孩，一個記憶中的男孩。

（男孩，我問你，天國有什麼好？）

除了裸着身子，空間擠得我窒息，我努力地忍着每一處氣孔所受的壓力。影子早被壓得扁扁的，那麼扁，扁得猶如花的花瓣。

昂望。視覺被放逐在遠方。——那兒呀，就有所謂的南方。除我之外，誰也不曉得，插一朵花的記憶有多深；更不知道，我插的是水仙，或薔薇。

當我離去。暮色。

5

（呼，沒穿衣服，好冷。）

黃昏一染就染紅了一塊天邊。依舊，不見野鴿子歸來。依舊，不見江水東流。我突地有哭泣的衝動，像嬰孩。難道，裸身而來，且裸身而去？乃純白如荻。輕寒在山谷積砌了幾個世紀了。

一九七六。秋天。

花。長得男孩的頭髮一樣高。

我的瞳子裏，幾乎可以盛滿所有的一九七六年的秋天。

秋天，總叫着陣陣的嗚咽，流過眼睫，流過裸足的沉思。

舉起右手。畫一弓弧。南方在指間座落成一齣非常唐代的舞台劇。舉起左手。猛然，左手很陌生右手，像旅途的昨日。

花，仍向南。我，好冷。

小小事件十帖

1

我一路踢過去。順著五點兩刻的方向，踢過去。
踢過去。左脚。右脚。
一路，把黃昏踢成一隻受驚的獸。
獸所經之處，樹惶然，石嘩然，水啞然。
然後，望獸絕塵而去。
另一隻獸則背我嘶吶而來。
把我撲倒，倒成影子。

2

轉過一條街，那街就拋來陌生的臉。一張張。疊着的。像一羣舞台下黑暗中的臉譜。或者花臉。或者生旦。

生硬且嚴肅地對視，以眼以窗，以嘴以門，以額以簷。

我看來頗似旅人，或過客，也被審視一般。

於是，不安與惴悸扭曲了視覺，和脚步。

再轉過一條街，情況雷同。

因之，我想我是街頭一縷煙塵。匆匆。

3

夜，是墨汁滲漬在一盆水裏的那種顏色。

擴。散。擴散。

沉。澱。沉澱。

而且，到處侵畧，到處佔領，沒有理由也不須理由。

當我無意間攪動寂靜的水面，星星及月亮就由我肩上掉落盆中，鏘然而碎。

接着，是我的髮叢，我的瞳子，我的雙唇，我的胸膛，終究我的裸足。
床板上，沒有我睡的空間，唉，整個世界被夜强佔了。
我摸索而出。沒有星。沒有月。
一脚却踩在水上。
就聽見夜在喊痛。
痛！

4

對於每一扇窗，我都願在窗前坐坐。
雲，走過。
鳥，走過。
公路巴士，走過。
肉丸老頭，走過。
閑散的男人，走過。
長髮的女工，走過。
迎神舞獅的人羣，走過。

送喪考妣的樂隊，走過。
一隻濕淋淋的狗，走過。
一粒皮球，走過。
飛機，走過。
天空，走過。
有一天，我看見我由窗前走過。

5

那一排高高直直的木麻都把手直直高高舉起來。
把青空舉過高速公路的天橋。
所以，天就不會掉下來，壓到我。
遂是，我日日繞一段彎路去看那木麻樹，那天空。
第一株漠然地舉著。
第二株儼然地舉著。
第三株嗒然地舉著。
第四株恍然地舉著。

第五株昂然地舉著。

第六株靦然地舉著。

第七株囂然地舉著。

第八株噱然地舉著。

第九株睨然地舉著。

第十株悵然地舉著。

第十一株站過去。第十二株站過去。第十三株站開些。第十四株站開些。第十五株站遠了。第十六株站遠了。第十七株站緊點。第十八株站緊點。第十九株站近來。第二十株站近來。

這樣，排着站着舉着。

所有的手向上。粗的。細的。皺的。滑的。長的。短的。灰的。綠的。所有的手向上。天天，我看它們把天舉得高高的，高過高速公路的天橋。我跑遠。我跑過天橋后。它們依然直直的舉着。天天。

6

J市。我曾看見一個男孩。

男孩是我熟悉的憂鬱，像不撐傘等在橋頭的感覺。

某個鐘樓投下的黑影的子夜，沈寂之后，祇留下我，以及淒清的小站。
我畏縮在凝結的黝暗中，把他的聲音藏入單薄的口袋裏，又給丟了。

7

時間，有時是釘在樹枝上一枚空金背蟬殼。
用所有的力量，乏虛地喊。
我靠在落日上，殘忍地看。
陽光還劍鋏一般削過葉叢，削下幾片冷葉子。
我空空的胃囊容納不下過多的孤獨。
但是，什麼原因令我虛脫？
那樹枝上流來一聲瘂了的蟬聲，並且飛越過那枚空金背蟬殼，牠——越飛就越想飛。
我仍殘忍地靠在落日上。
陽光斜斜削落我二分之一個臉。
我的胃也隱隱作痛！

8

那個叫C的小小男孩，居然一開始就把我飄羈的影子一脚緊緊踩住。
像踩住地球的那般無意。
而我想，我孤濶的天空，一隻鳥飛過。
天空，便驀然波動起來。
仰望間，我伶仃的名字被無言地拋成去年秋天的風。
當，我揚起的衣袂又掀翻北回歸線的一切城火，我復又道情離睽而去。
那樣暗然的脚步。
像踩住地球的那般暈眩。

9

再次，擠進臃腫不堪的鹽埕區的新樂街。側身。
有一種被咀嚼的感覺。
我們也都是披着一身霓虹遊行示街的小丑。
更彼此用貪婪的眼光剖視別人，不同的人，不同的時間，不同的地方，不同的情緒，不同的目的。
出了新樂街，是愛河的眼睛，我才藉它的眼睛捕得入夜了的月亮，不施半點脂粉地站在水中。

那時，誰也不曾發現我正涉水向夜，凉冷的月光似水，抹在如脂的驅體上，彷彿裸祭。

涉過那河，河之一邊，還喧嘩。

10

那矮矮叫阿三的寄給我一張仲夏的書簽，我壓在書桌玻璃墊下，壓成扁扁扁扁的五月。

天是藍得可以寫一首「藍色阿三」的藍。

樹是密得可以網住昔日淺淺笑的密。

月是林森北路一街朦朦蕭蕭心的月。

而那屋是住着繆斯的地址嗎？

背面且題寄——給你夏夜的美麗與哀愁，藍與靜。阿三一九七七、四、廿六。

我想，我夏日的小屋有福了。眞的。

陽關千唱

1

既使，無奈地去撫愛，我多日的一隻冷漠的手遂緩緩滑他之激情的背脊上，白森森地劃出幾道血痕來。

他瘦削的胸脯却壓得我傷心。

驀地，我寂寥的裸肩上遂感到他的淚淌爲一條激流，直瀉我之如層雲的亂髮。

2

一枚咯血的落日狡然咬住枝椏上一隻被長夏追逐的金背蟬。

於是，說去年夏天的感情被輾斃在仁愛路的他瞳底。

於是，說走北回歸線以北的軌跡的嘩嘩雨季正浪漫。
一株高高瘦瘦的檳榔樹的一隻蟬叫著陽關已唱千千疊。
那時，天際不曾飄一朵雪。

3

一回酒令啊酒令！豈能溫暖我孤憤的心？
一棠夜潮深深之外的江山啊江山！豈能渲濡我悲哀的心？
一盞開在臺地下一抹沉寂感覺的燈，總不期然叫我意識去確定一回酒令，或一棠江山的聯想，在征塵南北的日子裏是那麼難於摹擬刻劃的記憶！
一碟花生，一盅老米酒，還有一段故國怨，就簡簡單單地喚醒不斷跋涉不斷坎坷的歲月之旅麼？
（酒醒之後，我們是徜徉在那裏呢呢？）
（天壇，或河朔？）

4

——天涯路下車。

為什麼不渡船到旗津坐三輪車去看海？

一輪日頭躺一掌成飛擊不出的紅，寂寂的海連天，天連海的鹹澀的鬱然風景，恒是以一種無法掙脫的孤寥嚴肅，層層虜我以一隻浪跡棲棲的飛鳥，激越不盡的浪花。驟而，才有自我的存在，才有飄泊的感覺。

而我之迳乃一尾灘上魚，不可測的深瞳死死盯住一整個腮紅的天際，和一片衰老的沙堆。

5

斷然，街頭廣場旁一株椰子樹由初夏的一群麻雀去喧嘩滿城的臃腫，我且駐立一聲聲喊著逛街去的霓虹下，忙著揣度遠在南海岸的灘頭，總望也望不見水一涯之壓抑不住的情緒去隨潮汐昇昇落落，便有著夏日陽光軋軋的悼祭在一張張陌生的臉龐上讀又一段苦酸的過程。

梧桐落葉不斷揣測著生活的脚步。

終是，總得聽一串奔泊的心酸陪著那群叫噪的麻雀而吸吸復吸吸。

朦橋上，還依然漠視的臉。

6

那是怎樣的一個青蘋果的月亮節？

那是怎樣的一個黃昏後的月亮節？
那是怎樣的一個相思林的月亮節？
那是怎樣的一個月亮節的月亮節？
那是怎樣的一個我我我的月亮節？
（噢，一個啃著青蘋果的黃昏後在相思林的月亮節坐著我我我啊！心酸！）
（心酸！）

7

大卡車後上，睡它一個暫且讀著管管月亮請坐月亮的詩的一車夜。一隻不安的蚊在耳際吵著想看十五夜的月。
月如可看，何不想他？
他乃月。月乃非他？
我焚上一支紙煙，祇可看到我自己沉鬱的眼的紙煙。
那時的記憶如何會像一首老邁得脫了牙的歌，而迴盪，而游移？于月色似水的異地的野夜上，我一躺就躺成一隻驚惶的獸。

8

我的吻乃埋葬於他髮叢下的一朵黃花。

那樣的一朵黃花啊，植滋於一片孤寒的曠野上，每個有星無星的寂靜裏，我恒鋏劍而舞以祭，長歌指天以誓，然後，等鋏已銹，等人已故，那樣的一朵黃花遂瘞於一雙待癟的唇。

9

待我于他之瞳中自焚成一隻火鳥的淒漠。

乃弦歌斷自南方的地平線，由源自粗獷的血絡的熾熱去毀滅。常是，守化一抹雲旅的長途，旋泣吭成仲夏最後的花非花。

10

（抽煙的時候，就會把抽煙的壞處忘了。尤其在島的午後醒來。）

（想到去戒煙嗎？多沒意思！）

高懸的太陽是燻了幾百個后羿年代也燻不黃的那太陽，我捏煙的手不再年輕，不再一筆就畫出那圓圓的太陽。

（于是，一支煙接一支煙。）

（抽得虐待自己。抽得聯想燧火氏。）

也吐著煙，狠狠地吐，一如嘔吐他的易於揮發飄散的影子，然後，暗暗告訴自己，再戒一次煙，可好？

一枚浮萍

1

誰也拗不住一段生命仆仆且跌跌的歷程。
於是，幾枚專注或不經意中的雨季就在一次驚醒之中墮了胎。
冷冷的嘩嘩雨長嘶。——
而如何在昇起一疋多感的有如歲月之旅的雨季裏，藉聲聲淅瀝瀝的絕響復把跫音留在那一抹曾是感情的國度中，去顧盼、去望眺。

2

廿一歲。——風雲起，山河動的悲壯。

所有的，全歸向一聲高亢在野曠中的「攻擊前進」！

生活也原是多稜的曲折波盪，或者困頓而來，有時躓躚而去，若是能在多重的挫敗中獲得什麼的話，誠是只有時聚時散的喜憂而已爾爾。

而一個作爲年輕的漢子，兼爲沉默的戰士，在許多個淋濕迷彩，足陷泥濘的長長雨季裏，能够站得昂然，視得眞誠，的確是不容易的。

（誠不是，散聚全是一瓣夢、一種人生？）

3

老友，當聽說你從砲聲轟嚨的聖島調回島上的時候，我就爲彼此的相聚，默默中記下一章激憾的手姿了。

（昔日初秋，島上正飄着疎疎的葉子，而你却在我的遙寄中遠去幽幽灘聲的孤島上，去承負一個標準征人的悲切情愫。）

而秋。而夏。你回來了。

你說，征旅是否也猶似一枚浮萍的浪跡呢？

天涯。天涯。天涯。

海陬。海陬。海陬。

為一灘千古的潮聲，為一隻孤絕的渡鳥，為一段恒遠的情誼，我們皆該緊握彼此的雙手。握緊。握緊。

不論天之涯。不論海之陬。

4

把日子所有的一部分交給陽光、雨季和眸子。

便也學習浪跡天涯的履步是怎樣艱厄怎樣起仆的跫音重重，而在某段年齡的戰鬪時光中，為生而生，為活而活。

把哀思聚集在山上的某一點雨季裏，就孤獨得像越過低低假城鎭的白鷺；而望不見茫茫迷津中的武昌城，那却是怎麼樣的一種失落感呢？

天安門的陽光正晃晃，正焚焚。

而處在竹塹一隅的湖口臺地，陽光叫着蟬波片片和一雙北望的眸子。一個歷盡瘡痍的老兵額上深藏着萬里江山的追憶，髮間染着烽火戰亂的焦色，他願意告訴我他往日奔泊千里心的故事。可是，他不知語從何起。

歲月何嘗不是一張輪？輾着青春、輾着羈泊，更輾着一葉秋海棠的悲愴。

一雙眸子在高高的山上，面對如烟如霧下的風城，且是能見得什麼明明滅滅？

5

若不是你久久遠從中部海岸捎來一箋濡沾着海風的草箚，旅居在北部山營的我已不能想像一個也會寫詩的戰士在退伍之后，在灘邊的小鎮上你又獨立起自己的個性來，而又顯得那麼令人迴眷不已。

好像，你永遠必須屬於海的男孩。

港都。聖島。梧棲。這一連串與海有關的漫長旅程之中，你已染上海的詩和堅毅，而無視於加在肩上的一切失敗和重擔。

（你會說，所有外來的挫敗都像涯邊的一組組泡沫，不值一視麼？）

——老友，夜闌珊時，我想念你。

6

依然，蟬叫着窗，叫着絲絲綿綿。

而人依在北方啊北方！

南方遠在千里隔啊千里隔！

那古樸着幾分童年影子的小鎮，一隻蟬的嘶嘶還叫着如此眞實怨落嗎？

一顆心是如何的被創傷的？從小鎭的蔓草斑剝的古城門想起，從悠悠混濁的護城河想起……

一顆心是如何的被鑄塑的？

必然哀傷。——

必然傷哀。——

7

有時，握起酒杯，就總以爲一次聚與散的隔閡都由靜視中的這一杯酒去詮釋，而深信像一隻隻中山路的蟬，那般的殉焚在擁擠的陸橋的夏陽朶朶火焰裏。

事實上，誰能一生下來就註定永恒的相聚？

但，終究不可免的是不斷的去遠行，不斷的去皈依生活。

（夏天的時候，離別是一隻溺斃在酒杯底的蟬。）

8

試問，流浪的歲月該如何裝扮？

車在臺北流線般的奔馳，一街把稀疎的蟬聲從中華路的擁攘中丟擲，讓一潮湧着一潮的旅人倏然迷失在霓虹的輪換間，而爭着去爲沒有目的地的紙醉金迷探索復探索。

風在陸橋上唱着輕快的歌調。

橋上。橋下。人如流水。

日。日。夜。夜。燈明。燈滅。人們似乎只談怎樣去生活。而不問爲什麼去生活。

斑馬線上，踩不盡的來來去去，而每一隻鞋都虛乏地吶叫着歲月不饒人。

我駐立街角的欄柵，我突變成唯一的一棵綠樹。

或許我也可坐臥下來，因爲我不願否認我已走過一段是朝有夕的路。

（路，竟永遠那麼的展向旅人的視覺之外，默默承受所謂新潮所給予的壓迫。）

而，我旅行而來，一脚就不經意踩入西門町嘩嘩歲月中。——

9

黑夜躲在西北角的壁下時，沉思是四野僅存的寂靜。

遂是，醒着不過是一種過程或經歷。待一個窒息的長夏隱逝，夜思依然浮彫一張年輕男孩的臉的寂寞，而藉一片月色編織浪子心懷的緬緬種種。

行向北方。——

北之鷺的一季白白的冬，連綿着子夜裏牆角的一點寒意，而不斷地叫着騁奔於綠野上車窗外的蘆枝千叢。

那城一逝，心靈再也按捺不住一縷昇向一縷友人的七月天。夜便近。孑寥便近。

當一隻夜蟬的清唱，我輕輕站起來，走入他之髮叢，走入屬於男孩的手記。

10

走過砲車陣地，便迤邐成一片最震盪的陽光。

那個戍守着高地的綠色戰士，鋼盔邊緣閃出仲夏第一朶雛菊，冷冷的槍管却靜寂地專視着無盡的遠方。一枚蝶，環着舞步，像風一樣飄動行吟暮海之涯的衣襟紛紛彩彩。而已在一段戰鬪歲月的山上，誠很難想像若是挽伊去躑躅水聲中的情景是怎樣美學的情景了。

山坡泥濘的時候，我正沉重地吸一支紙烟。

烟在雨上。雨在山上。

但，那士兵還靠在相思林裏，背影看起來很孤絕。

聽聽那日頭

1

天空很高。幾個湖寬那樣高。
也藍。水般藍。
我們的髮絲與風同翔。
——爲什麼不騎車到湖上去看日頭？

2

正午。
湖的亮麗的眼珠如何在一隻舟之眩思裏提升成今冬小聚中最記憶的棹聲？

(不是西子。)

(不是洞庭。)

3

無視花晃晃陽光蜿蜒成一條蛇的紋絡，並且在他小小的肩上繞舞三圈，遂滑唱一闋陽光三疊，水灩嘩嘩。

(一隻鳥在林子上叫着南方不下雪。)

(江南的蓮唱何處聞？)

(武陵的葉紅何期艷？)

4

日正當中十二時兩刻。

我總不經意把濃濃的背影疊向他浮騰的手姿。風兜着藍季在樹上喧噪。把一朵恰似紅絨鞋的東方的風景拋給紛亂的視線去絞結去心酸。然後，總很難用鄉愁的猜臆情緒去想像南京城外的石板道是否正潑墨着畫軸般曲曲層層的嗆鬱了。

5

不堪去端凝林子落着的葉子的曲線啊！秋在湖光中。
立冬已在一株說着白楊樹的葉脈上搖着碎細的鈴聲。
祇是，我們且談些什麼我和他？
而我的褲角却不小心沾上了島上一片故園般的午后。
（長亭外，一枚梧桐的葉子一落就將落入夕陽中。）
（我才驟而聯想到我像一尾淡水的熱帶魚，紋着身的。）

6

（橋頭，那個人側着臉吸着煙望着湖憑着樹。）
一塊日頭在水面擊出千萬條銀蛇來，引着信，可以咬下縱使着上厚厚冬衣的心緒的一塊紅紅
傷痕。
而冬日咳嗽得更厲害了。更厲害了。

7

他可想到雪了嗎？他可想到北大荒？

我想過了。蒼茫着想過了。想過了雪及北大荒總強烈着連一葉秋海棠的幽情肅穆。但是，此間的樹、湖泊，與畫亭是怎麼調合地站着？我不帶板橋全集。我不攜鄭愁予的詩。我却挽他之正月。

（有時，即使除了去殉祭於雪地的北大荒，什麼都是贅餘的。）

8

沒有紅葉的殷思。如果有，多好！

仍是綠色的視覺，一望就會沾着手的綠。

來的時候，就該想到這些了。可是，我什麼也未想到。

9

聽說，春意已紅杏花村。

然而，是誰可告訴我杏花村在那裏？又是誰說的？

自己已够自己關心了，還惦者什麼杏花村來着？

（不料，花整個湖的正午，我坐在湖邊上想着。）

（現在，還是問，杏花村在他的心裏嗎？）

10

是幾個橘子的午后陽光。日頭很甜！

他纖俏的背影恁風的哀美去調情，我就猛地由湖光繽粼中逃逸而去。一羣水鳥咭嗄着不是愛情。不是唐漢。

一抹雲在西北角的天際禪坐二分之一個日頭。

（為什麼不坐盡一湖晚亭之深深蓮心？）

關於孤獨

1

直落遠遠中正路的濃濃燈色極以一種曠古爬蟲的姿態伏偃著。
夜，被嘶咬成碎碎片片。
——TONIGHT'S THE NIGHT。
陽臺上的他頓然開成苓雅區惟一白色的百合。
而我手中的不純的鷄尾酒却容不下夜聚的整個三月。

2

月曆在冷冷的牆上冷冷地勾描着一幅冬日的雪景，恰似旅人的一張夜半來天明去的臉。

——

皚白的雪在針葉林上。皚白的雪在針葉林下。一壓。一壓就是天涯、就是海角。

3

一九七六年之后。一枚塵埃輕輕落定。遂，又輕輕揚起。一九七七年便揮手而至。昂面。西南西的方位。我孤寞的影子是僅有的指標。

（一整個掙扎的歷程在簡單而動人的小小事件裏成寂。）

4

一條街，延續著一條街，又延續著另一條街。

而每一盞開成一朵朵花般的街燈却皆孤立爲今夜最斑駁的眸子，綿延日正當中的一枚太陽日。

（一隻粉蛾，死在中山路上，死在車龍馬水之后。）

5

（不需任何燔祭的儀式，所有的死祇是一種肅穆，且淒美的過程而已！）

十五夜在屋頂上盤坐。梳着髮。——彷彿能締聽一夕水聲源自歷史的手，潑盪自那月裏女人的一串流蘇。

我坐在黑暗裏抽著紙煙。

抽著未曾揣度的記憶，一骨碌把記憶抽成最廉價的一截紙煙。

6

祇不過是一株苦苓樹的寂寂的正午之后，飛來一隻黑色之鳥叫著不是雨季。

而一枚鋼盔上的日頭竟可焚起一族夏日的臉。

環過三百六十度角的方格的行程，我祇是一個孤獨在患難中的行吟者。

祇不過是孤獨。

祇不過是行吟者。

——明朝正午的迷彩鋼盔上依舊一隻黑色之鳥叫著不是雨季。

7

說著。古城門下的護城河正嗚咽清末的一波陽光鱗鱗。

說著。護城河下的流水綿綿正蒼邁地低臆一城半垣殘。

說著。流水聲下的月影似幻把時序一紮就紮成蘆花戀。
說著。月影背下的小街頭在一聲瘖瘖叫賣下蕭寥如風。
說著。小街頭下的一段剝碎的石板路一隻黃花狗躺著。
說著。石板路下的斜斜老階上喘息著一枚折皺的紙花。
說著。老階子下的石板路的小街頭的月影的流水聲的護城河的古城門。說著。

8

(昨夜，夜打翻了一疊風聲！)
冷硬的木床上，睡盡一季喋喋不休的冬。
天花板的花却不安地注視著我。一隻金鈴子在窗下叫著淒涼。沒有月光。鳥聲亦不再亢亢。
(昨夜，夜打翻了一疊鄉愁！)

9

儘管，中山路街角的圓環的噴泉被冷却在北回歸線以北的一次寒流裏。
紅磚道依植著幾聲多事的痲雀、噪喧旅人的戀歌。
藍潭離我甚遠！祇見一禪夏日之蓮溟溟蜕旋於視覺之外，迸逝煙塵的邊緣，終是，每一枚安全島上的落葉，說叫著黃昏雨嘩嘩。

雙軌道上。一回眸，他已瓓珊處處。

10

臺地的小戲院外，我常是趕著夜的第一版的漢子。

相思林子夾道地緘默過去。一枚走過長夏的蟬殼高地守住生命的美，而曾哀悒地激昂過歲月背面，乃惟一高音。夜就圍攏着，賭一朵無處覓的流雲，流過無恨黑的天空。

（亂髮在風中沈鬱著一隻紙鳶的記憶。）

（彷彿一閉上疲憊天涯的眼睫，却能清晰地望見一隻子色的紙鳶在夜空上斷了線地浮動。）

（夜，已幾許翻版的夜呢？）

冬日手記

1

讓食指與中指茫然抽著紙煙時，放眼去遠處，冬日那瘦瘦得不能再瘦得漢子正坐在廟前的石
階上看著不知是水滸傳或西遊記的野台戲。
一看就是一整中午和黃昏。
然后，踢著小石子走成一縷野煙，
灰燼之外，煙蒂被循著食指與中指的方向拋出遠遠。

2

去看看海，是冬日最寂寞的小事。

海因爲有了船，而寂寞。
船因爲有了浪，而寂寞。
浪因爲有了沙，而寂寞。
沙因爲有了貝，而寂寞。
貝因爲有了跫足，而寂寞。
跫足因爲有了情人，而寂寞。
情人因爲有了夕陽，而寂寞。
夕陽因爲有了流雲，而寂寞。
流雲因爲有了海，而寂寞。
海因爲有了冬日，而寂寞。
可是，冬日因爲有了什麼，而寂寞？

3

某日，日正當中。

有一個人身上挿滿紅玫瑰躺在馬路中央閉著眼不管車水馬龍不管衆人圍觀不管凡塵俗事不管警笛震天不管花非花季而安靜地擁夢睡著。

如果，我是記者，我不知該如何寫這一段新聞稿。
等華燈四起，還有一二朵紅玫瑰未被帶走。

4

市招上，霓虹把黛博瑞芳，及寇克道格拉的面孔映得很——深情。
街頭的風很急促。F還沒來。
一雙美麗的情侶望著我走過。F還沒來。
大華僑戲院。等F。七點半。夜。
街頭的風更是急促。F還沒來。
一雙美麗的情侶又是望著我走過。F還沒來。
街頭的風更更是急促。F還沒來。
一雙美麗的情侶又又是望著我走過。F還沒來。
大華僑戲院。等F。八點半。夜。
——去把揑皺的兩張戲票退了。我告訴我。

5

醞釀了兩個星期之后，才去湖邊，走出門時，才發覺冬並無想像中漠寒。灰茫。
湖，這個傢伙也瘦是瘦了些却也嫵媚飄逸些，幾分淡粧，迷得我去盪舟，才能瞧得眞確些。
C爲我再唱一遍陽關三叠。C坐船頭。
我爲C把擊千重櫓棹花花。我撐船尾。
湖這傢伙躲在冬陽的髮下，吻一千個花飛花。
我告別而去時，湖在我衣袖裏藏一個吻。

6

偶來的晨雨以無告的眼神虜我以南方最悲哀的恐北症。
多日距他更近。而冷風甚狂。
——誰借我一把油紙傘？
——誰陪我去走中山路？
終是，雨來雨去。
牽掛是風，惦念是風。
我之恐北症正無助地蔓延著呵！

7

冬日鮮明時，我站在平交道上想像一列火車戛著濃煙載著他駛過我胸膛，而壓輾到第一九七七朵黃菊。

我平靜地躺下。仰月。

仰爲食月的獸！

軌跡由月升之處伸張過來，用冷冷的手觸向我被一種也許美麗的錯誤所灼傷的背脊。

碧紅的血在狂流著，從記憶到記憶以外。

冬街上，一隻犬偶爾在黑暗吠得很厲害。

8

沈思蟄伏在緊閉的窗裏描刻自己的影子，銹在窗櫺上的一組風鈴就失却跫音了。

誰也無法想到冬日是用怎樣的步子跨過眉睫的，一跨總是多少年輕，所以一枚落葉常打痛我之肩頭。

沒有燒酒。

沒有燒酒。如果有，對飲是誰？

我深濃的衣服也留不住多的。我烏黑的髮叢亦留不住他。
因此，我只想乾上一盅！
為誰。也不為誰。

9

山墳的黃花開過。
一個男子離開之后的日子，碑前又遺下更多的黃花。
於是，就傳說那塚墓裏曾埋葬了一軀哀艷的軼事。
誰也未聞得眞確。只有野風聽那男子在碑前低低而語。
一年。一年又一年。
有一年，男子沒再來到墳前祭悼。
再一年，把山墳瘞埋的所有黃花全部腐朽了。
又一年，野風也不知那墳的方位了。
之后，誰也沒提起這事。

10

執手離去嘉義的他滑出瞳子的一點陽光的時候，我帶血的嘴唇已挽不住座落在北回歸線上的無奈，那不再屬於廿歲的無奈，猶彷一顆夢裏夢外也摘不及的星光，閃入無底的天際。

我擠過月台的人潮。

回首。他已淪落柵門另一片囂嘩中。

而隔著一道小小的柵門，如天涯，如海陬。

列車緩緩開出揮手間。一揮已千燈輝煌。

我仍立在凛冽風中探望，嚨嚨輪聲掩沒我脫唇之話語。

他。我。彿隔唐代蕭咽外。

手指間的一朵夏日

1

從紙煙的方向行過去，夏日一朵在歷史的背面飲泣。
——想他才是第幾天的事？
一截灰燼被拋向道路中，而我總由一縷煙塵中逸去。

2

一昂頭，雲色就整塊整塊撲擊下來。
街頭的喇叭聲狠心地壓着我心痛。
側臉。一枚紅色的汽球在視覺裏叫着陽光轔轔。

3

我正把一齣明末的悲劇讀成如齒城垛的心酸。中午。中午。護城河的水綿續着彷若昨日的戰旌烽火，漲着血跡的河映着將軍墜城自刎的凜凜風雲。

4

一支滄桑老邁的河邊骨已蛻變成一束殘殘的荻梗。而如今，天空祇寫着冷冷的眼白。

5

夜之手姿搭住我肩，一種不安的情緒旋引誘我去犯罪。——一截蒼白的紙煙正焚着裸夜的眸子。

始終很盤古地焚着著，都焚成一闕闕淡去的傳說了！而傳說將且被傳說。夜還盤古夜。

一截紙煙也祇能焚起一些蒼白了的記憶，及別的。

雨在中山路的街心兜售一掌掌潑墨畫，便猛然想到地下道流來的一聲聲古典的蘭花香。
——誰站靠在漠漠的牆外，吸着煙？
雨後的古垣上，誰曾記得這是魏晉，或秦楚？

6

墳墓的碑石的字跡的歲月的斑落的死證，一隻蝶停着——
另外，一朵野菊凋着。
另外，一段紙煙躺着。
另外，一片白雲飄着。
另外，一團人影綣着。

7

教堂外，幽幽的鐘聲時常咬住想流浪的落日。
蟬夏的午後偶爾在屋頂那白了好幾個世紀的十字架上，襤褸地且孤曠地叫着往日如煙。
我的瞳子便積滿遠方流來的他。他。他。

8

一隻野鼠在馬路上寂寞地死去。——被壓成扁扁的，死去。沒有留下一灘血。馬路上，依然車水馬龍。

然而，某一個日正當的沉沉裏，又一隻野鼠在一處扁扁，扁扁得分不出野鼠的屍體邊死去。——被壓成扁扁的，死去。沒有留下一灘血。馬路上，依然車水馬龍。

這樣的小小的事件還不斷在發生。

像拋出一根紙煙般容易而平凡地發生。

9

夏日在低低的樹椏上吊着，一如被吊死的一隻黃猫。午時。風嗚嗚吹着葉子。我就乍然看見一隻不斷抽筋顫悸的黃猫被用草繩吊起，晃着晃着，晃長了脖子，晃長了四肢，並且，夏日照在黃猫空白的眼中，反射出一抹揮鬱不去的霧。

午時又一刻。我抽着紙煙，嗆着去忘記那事。

風吹過葉子時，吹紅了指間的沉默。

10

異地之夜晚，一隻月以難悟的一首絕句遠寫地站在遠遠的天際。天際是遠遠的天際。異地的天際。我深邃地嚼一隻月的難悟。異地的難悟啊！

夾在指間的一朵夏日正燒着遊子心的熊熊火種。

燒着不眠。燒着鄉悒。

燒着一季可以燒死人的緬緬長夏情緒。

激情

1

時針與分針下，那十二個數目總相互追逐着。日頭或夜便緬緬而誇張地走出鐘擺咔咔之下。窒息的寂靜以孤曠的聲音由四方重重裏住我。

或者，在白天，我感覺每一條黑色的影子猛猛向我撞來，還有貧乏的喇叭，還有冷高的牆。在黑暗中，我惟有從呼吸的喘息裏，才嚴酷地發現自己的存在。也熟稔自己。像在晦黯底焚起一截紙煙。

我的右手也已完全陌生於左手，這說明孤獨是必要的。

某日，我伸手撥緊壁鐘，竟然被時針與分針用嘴咬住我瘦瘦弱弱的黑影。

一咳，就是一大口。

2

一群舞着在臺上扭曲又曲扭着。
燈光以雪片般洒落，臺上、和臺下。
每兩隻隨幻燈而色變，隨舞者而瞄移的眼睛，不斷置喧嘩的敲擊樂於不顧，而盯守一張張濃粉的臉，或胸，或肩，或腿不放。
是上是戲，臺下也是戲。
偶爾，稀疏的掌聲由兩側拋向臺上，却被那粗魯而生疏的舉手投足之間所揑死。
但舞者依然舞。
但燈光依然輪換。
我痛苦地坐完全場，才被一聲輕咳從胸口擊傷。

3

——在四月分手。
一九七七。四月。十六日。十四點。兩刻。G市。J路。枝仔冰城，地下室。陽光天。

那時刻，一杯乳白的檸檬汁極酸澀。

酸澀之後是分手。

分手之後是車速五十里的速度一逕狠狠壓過中午陽光花花的S鬧區。而濃濃的日頭的焦距直燃點我亂雲的髮叢，和空白的眼瞳，及嗆然的肩，與驟喘的胸膛。

輪子輾過黑黏的機車道，沒有一粒沙揚起。

四月的G市正喧嘩。陽光亦喧嘩。

惟一的蛺蝶乍然由街道旁的巷子中踉蹌過來。

4

這裏是鹽埕鬧區。

這裏是T大百貨公司。

但——月亮仍漠漠地懸着城樓的那端。

總不見京都的孤媣啊！既使就臨風在大勇路的陸橋上，不安的情緒照舊以不能想像的激情高漲而起，湧向那一一片冷月。

T大公司高高屋頂的燈花一夜就洩溢下來，洩了滿街滿路的紅綠。車燈也急急撞過來，撞得視線到處迴避。

當那月再次由陸橋的一邊落向另一邊時。

我能馳思那遠在月亮背面的寥寒嗎？

試問，月光過了是什麼呢？

5

縱使，植物園裏的塘池中的水蓮仍以千手能執撐起整個心祭的秋殤，而我年少的昔日印象確已憔悴得像波光水影的斑斑剝剝一般了。

雖說，我怯然的笑，猶似小小的青松；但，在所有的慘澹的碎陽紛紛披落通往植物園的長長林蔭道時，我偶爾走過，我削然的背影便一瘦瘦入池塘的泛泛光影中，也彷彿一株小小的瘦蓮，由水中擎起。石子也一路習慣踢去，踢得秋滿林響。

一九七六年之后，我醒來。

有人告訴我，你矗立成一朵怎樣的風景？

是的，我是怎樣的一朵風景？

6

趁天色花臉，城上飛過一群鳥行，我匆匆一袂別，就那麼一袂別陌生的，及熟稔的。

他站在黑暗之后，燈暮之后，像一盞未熒的紅燭，深深的城中夜在覓視裏游離、飄浮、漩盪。

我靜靜地走去。

燈光暈暈以網狀攔住我。

視線的另一端，是城夜的另一端，是燈暮的另一端。

而我獨獨覓視。

獨獨地漩盪、飄浮、游離。

趁天色花臉，城上飛過一群鳥行。

7

現在，我舉起而張開手，有點寞落且悽涼地舉起而張開，讓憂慮的夜色棲息下來，讓一些旁的也歇住下來。

天空有許多眸子望着我。

城中有許多眸子望着我。

晦暗的寂靜在四周凝凍着，有些像一隻久蟄的獸，千百個光年來就若如仆臥在那裏似的；也猶似他黑瞳深藏着若聚若離的遠方。

我的手還是擧起、張開，許多眸子落下來，許多寂靜落下來，許多遠方落下來，我的手姿逐漸沉重、沉重、沉重。但然，我的手姿却依然那麼擧起而張開。

一如被凝凍着。寞落且悽涼。

8

陪我走完和平東路的早晨吧！」。

我是旅人，除了透明的陽光外，你曾注意我眼睫正承受過多的秋聲，爲一次初識的涉泊而啾啾？」。

轉過和平東路是什麼路來的？」。

然後又轉過那路且是什麼路？」。

不管。我陪你也好。你陪我也好。

祇要在薄淺的秋晨街上走完一段街頭，我聽你的唇似槳推來一叠水聲，或我掛帆在你的聲音裏，走盡和平東路之后，我們都宛像飄落紅磚道的葉片，一陣風裏，無所謂聚散的尋覓，無所謂人生的邂逅。

而今，和平東路的秋聲仍啾啾嗎？」。

9

那際，一瓶老米酒是怎樣的一膺馳憶。

那際，一支卡賓槍又是怎樣的一膺馳憶。

既使抹劍賦詩，既使學得江左年少的坦蕩高亢，却如何在左掌是酒，右掌是鋏的歲月裏，偶爾漂鳥，偶而夕斜，不斷悽惻，不斷悲壯的奔波，把自己矗立在泥塵的淪沉中？而確認所有的或忻或憂的日子必然關心的。

儘管，我已不再諦聆昨夜窗外金鈴子的似歇似續，但是在一回焚詩之祭的情緒下，我也無法追記那老米酒那卡賓槍的野地在一群南南北北的漢子手中已蛻化成怎樣激奮雲天的故事了。

儘管，北地與南方有那麼遠遂。

10

五月是牽着青空的風鳶來的。看見夏的時候。

蔗田上的那紙鷂不安地浮蕩着，彷彿天空也浮蕩而起。

絲線的一端是幼稚一般的情思。

但，另一端可是輕舞不羈的記憶？

凡是美麗的皆屬於空虛，和殘酷的？
顯然，我必得學習如何去擁有，及如何去失落，如何去感傷，如何去快樂，這對不願承認自己感情薄弱的我也許是必要的。
一隻風鷂上升了。用艱困的翼鼓動着風，陽光。
然後，夏日來了。不安地牽着青空的風鳶走過蔗田。
回家的路上，還是想着。

菩薩蠻

1

如果，在海邊，你是小小的潮，打濕我的脚。

2

等我提起今秋最後的行李，等我睡在夜晚最不安的黑暗中，你頻頻送行的手，是高高閣樓上的鐘擺；而且，驀然敲落一片汽笛聲，撞擊在我脆弱的眼球上。

3

關於昨日，我無由地驚心。北回歸線以北的一枚蝶突地哀死在我的懷裏，最後的輓歌亦是最初的葬禮。那蝶翼的彩誌恰似撕碎信的紙片，散落在那一塊土地上。

4

所有的原因，就是那城頭上一切的燈火，都可能炙燒我的感覺。

5

而每一根黑色的髮絲皆向北，引向你之臉的方向。

6

好像，我又開始嗆咳的時候，你深藏在嘴唇下的夜，白得如壁間那爬蟲的肌腹。我選個某方位坐下，額上的月光剝脫如雨，總似一大羣河邊的荻。

7

爲了一杯不可得的酒，我且飲下十五夜最醉李白老頭的月色，叫我也溺死一次。

8

由於靶場上空單單一塊層雲越過，我放逐在不如歸去的路上的錯誤，守着黃昏守着你。我酸惻的姿勢在長長迂迴的壕溝裏是隻青色的蝗蟲，或一株羽狀複葉的植物。

9

對於你海岸公路沿走的蝴蝶結，我曾隨之飄盪過一陣子。彷彿，我是如何想像你，一如憂鬱似夜的你，纒我軀身的螢光燈的光線打着千結，我就結成繭中之蛹。

10

我在敎堂外的圍牆，想，五月的雨在油紙傘上喋喋，過去是想飛的樹，再過去是橋頭等雨，又過去是觸及故國的灘聲。你不來，宛是失羣北渡的鳥，而我立於上游，或下游的？再想，嘩啦啦的油紙傘撐開如水中樹，天空的五月是敎堂屋頂的十字架一樣灰白。

11

你不是我右邊的人，今天和明天不是，但昨日你或承認。那麼過了秋天，過了一些月光，讓我學學鄭愁予，縱使我並非詩人：

月光流着，已秋了，已秋得很久很久了

乳的河上，正凝爲長又長的寒街
冥然間，兒時雙連船的紙藝挽臂漂來
莫是要接我們回去！去到最初的居地

12

我路過中山路，在轉進仁愛路的第一一七號騎樓下，藏下第一枚履音，等千百年後或許開一朵水仙來，痴然而等，而你不曾想過。

13

果眞，陸橋上的月光溶溶尙且積在我竚立的肩膀，而却困厄地去承受酸心的祭殤；事實上，我內心小小島上的名字啊，是怎樣在匆忙的足底下死去的？而月光啊，依舊落在舊家院，落在你的窗前。

14

總之，我趕日逐月的南下的身子，在對訴以最疲憊的那城裏，我一段久久的沉寂猶豫，就接受你仿若陌生又熟悉的玄關的流眸，織我至美的一刻。

15

原是我如槳舟的十指，渡煙燼的殘雲落黵而守住窄窄的黑暗中，恁我的影子徐徐去擦亮你的影子。

16

你畢竟是偈裏的一朵蓮，靜夜後，我吞下一錠日本藥。解肌胃囊的刺痛；之後，想到你，是在我翻轉在高高第二層床舖冷冷的虛飄曳盪的驚醒邊緣。

17

我，在一雙午后的眼睛中，找我。

18

那些年，我的唇因不安的情緒而告破裂，無法痊癒的傷口，像植不出一株草的巖石，鳥也祇是曾在長程的跋涉中棲息過。

19

無論如何，或許你我南北睽隔，誠是一種必要的錯誤。錯誤的是我不該預下讖言。錯誤的是你不應穿上蝴蝶裝。而你，「是最美麗的魂鬼」。我，「是卜下兩地的人」，一隔，夢蝶一般遠。

20

列車在一個小站停下來，喘着。車廂內的燈暈斜斜懸在我眼瞼，以及上唇。我凌亂的心思是置物台上參錯的包裹。我的一隻，憑靠在我頭髮上方，車子一開動，就骨碌掉在臉上的地方。

月亮節手記

1

（這是叫什麼街來的？誰知道！）
最初之時，我祇是匆匆行色在紅磚道上惟一的紙花。

2

總是，三月的小陽春在髮叢上打上一朵花色的蝴蝶結。
然後，在一頁月曆上尋到折過紋縐的山水。
或者，試著從一帖舊詞中走出唐代。

3

月亮節裏，那山地血脈的年輕征人的歌把夜裝飾成一山地的古代傳統的粗獷。

月色如水。湧自雙葉厚憨的唇間，迸落幾許淒美的音符，像一闋欲欲斷腸的故事，我便直想到一把插在山地歌者腰際的彎刀、雪亮得如同那鈎月亮！出鞘！

4

祇是因爲踩下第一枚沈思的脚印之后，所有的黃昏在泥濘裏死去。

死亡誠是一項頗嚴肅、無奈的掙扎！也很貧血！也很虛泛！也很孤獨！

沈思原本孤獨得一如黑夜的一隻影子。

（影子跌倒之后，就可能死去！）

5

想像一具的冬是發了酵試管裏的液態。冷冷的靜止。

什麼才叫多！

一株高高瘦瘦的電線桿觀望一隻瑟瑟孑孑的麻雀。天是死魚眼珠的天。抬頭，天就直壓迫下來。

多在門裏。門外。我總會一脚就不差地踏在多之臉。

（有人把水一盆盆一逕往街心潑去。咧咧嘩嘩。）

6

子夜輕輕跨過四十五度角的方格。我醒來。

（一室的音樂依是流旋著。）

（我始是深信音樂祇屬於子夜的國度。）

未久。我又睡去。

子夜的音樂却以四十五度角的滑步。舞。舞。舞。

7

午后的白鷺。我却在車隊輪轍下想第一朵仲夏的夢。

陽光的手姿緊然抓住一坑水塘，和一山亂石；有一條山麓的小路迂廻地經過一處亂塚，白日下的墓地仍然冷遼得像幾枝飄零的蘆花。——所謂的一事一物，甚而生活，都是夢的主題。

白鷺高高地飛過水影湄湄，長翅以一種美妙的弧線彎曲，就浮住一大片仲夏午后的陽光。

(都是月惹的禍！)

8

舯一肩沙塵來，從南方，從荻花坡，有長長中山路的車水馬龍的狂囂，對著我竚候的前方劇烈地吶喊！

(月，已走向一片空茫之外的古代。)

9

街頭的氣溫是十三度。微微篩流著風般輕俏的雨。

雨在臺北。雨在重慶南路。雨在電影街。雨在中華商場。雨在每一張裏著依然霓虹依然喧嘩的臉孔上。

(此間，誰記得幾許歲月前的斑剝？)

(那叫什麼城門的，惟一而寂寞的孤立在重重叠叠的喇叭聲中，讓黑暗坐在已修裱過的小小城樓上看月亮。)

(所謂奢華是一場戰役慘殘下的存在。復活。並且，總叫人忘記生死的事件？)

濕了的陸橋上，還爭著去諦聽雨聲？

除了物質，我們都在街上陌生別人，及自己？

而遠在中國海那一端的故疆啊！我那能測知姑蘇城外的江月是否濕了的一枚江月？在臺北街頭的雨地上，在貧瘠的聲嘩裏，在冷肅的島上北部。想。——

10

一只蒼白的茶杯臃腫著身態，擱在蒼白的日光燈下，飲著歲月。——一種透明的歲月。

(歲月不饒人。歲月自始透明著寫在臉龐上。)

而淺呷。而豪斟。

11

再過去，便是陽光的呼吸了。

綿延而來的，死寂的街子貼著夜冷然的牆的脚，伸著伸向橋頭下淙淙絲絲的水聲裏，潑弄一枚凌晨的多語，然後，站起身，脫去寬邊帽，露出亢奮的眼。

12

焉知某一次不是流星夜裏，竟坐在掩體托斗上吸著紙煙，且是聽那彈一手好吉他叫阿三的年輕漢子把煙燼競相拋向夜空，拋成流星雨的故事。

那時，一坐就是浪旅天涯情無盡！

13

去靜靜走枯林時，是一首老歌。

遺忘一些絞結的情緒，我的心正患著簡單而小傷的病。

憂鬱的右手拾起一枚枯黃的落葉，折個角，包一首好老好瘖瘂的歌走出林子。

14

四線道上，雨被輾成一朵朵淒迷的一些古典。

騎樓下，我站著把陳煌的一章——一枚浮葉——讀得太漂泊了。隔著雨，昏黃的燈光在書攤上映出我遂在寒風飄袂裏的臉色，而漠視遠遠近近拋近來的車囂人吸。

雨落在雨中。

雨裏的雨下。

雨畫於雨上。

（我，一段奔泊之后，依是奔泊。）

（四線道上，我慌迷成一九七六歲末手記裏第一朵冬之雨花。）

15

向晚那陌生男子，常在窗外丟下一陣顧盼，就走了。
我陌生地看著他。一次。一次。又一次。
到有一次，我牽動雙唇，又止住。
而他還是留下那陌生的顧盼，在屋子裏徘盪。

16

（他，不來。）
（秦觀，不來。）
六角亭，一枚紙鳶飛不上月亮的高度！
額間，鬱不住江左擊鋏的飄逸影子。

17

（一隻夜鷺驚起，撲撲。）

失去大氣層的一枚黃昏星，無告地苦苦掙扎！
然後，殞落。——
擱淺在相思林子花開的枝梢間，迸散。
（還是忍不住一陣的天祭！）

18

長劍指天。羽扇玄衣。綸巾輕駒。
我三閭大夫之后的詩國啊！何處覓？
菊花。劍。一迸淪落宋宮綺麗的吟詞中！
汨羅的水不流！
武陵的山不綠！
而今，我如何用一個陳煌去爲他的悲愁寫一闋小小短短的詩？

19

月亮之后。孤影指向南方的夜。
風亦向南長嗥。一路面山面水的印象，在旋轉，在記憶。猝然，就爲一回偶爾的駐步痛楚了半個心房。

月是半月。也好！

（南方，在安睡中。）

20

一眼小鎮，和一眼的大鎮，戛戛地拋過來，拋向後頭的濃煙中去。然而，卻守著窗月不眠！守著兩眼滿滿的月亮！那時，所有的過去舊事，幾像一面塗上白灰的牆。

兩地的寂寞啊寂寞！不知誰的歌在渾厚地流竄。

有一句話，被千千萬萬次的唱著！

右手的變奏

1

月落處。
依然是一聲江南。
依然是一聲鄉鬱。
一聲月落之后的輕咳，誰記得江南及鄉鬱的手姿之間有幾多山山水水？
誰亦記得我是江左，或青衫？
誰記得呢？

2

把空白得不能再空白的天空擧起的一隻瘦長瘦長的煙囪。正無聊地抽着煙，天空更白。

遽然，一隻白鷺張翅飛過，差點�破那張死人白的天。

我想點起一支紙煙，可是摸遍了秋天的正午，還找不着一點煙絲來。

而天依然空着。

3

我是站在十字路口讀着月亮的。月亮是棲霞山的月亮。月亮是小杜的月亮。我亦被月亮讀着。

街邊的每一枚窗對視，旗津的夜潮却絲絲泳過我之凝睫，叫去紛紛月光光。夜的手漆着黑，一路走去時就在每面牆上印着許多枚不清的黑漬。

我站着。月亮站着。窗站着。

4

一片被日頭軋傷的野地正午。飛不起一隻紙鳶。

我蹲在荒敗的壕溝裏，仰首。冷然送去一片微雲。

天際因一顆憤怒的子彈而從傷口裏喊一聲悲哀。
乍地，我立身而起，遂掀翻半個孤曠天空的情緒。
陽光晃晃由額間輒出汗跡來。

5

或許，太哀美了些。
或許，够憂鬱了些。
如果恒是聯想手指間流出的一朶燈花如泛誠爲一個旅人在歷途的執着中守望成歲月之浮彫，
則恰似一疊鳥聲噪噪喧喧叫出苦楝樹的手，一掌就遞來滿臉的沉沉雨季，不絕。如縷。
——一九七六年紀事。

6

一隻黑色之鳥用深具美學的翅膀把天色擲成一種寂潦的孤狀。飛去。
而聽說，一個冬月已孤立成最南方的潮聲。
那黑色之鳥飛回來時，我之背影可瘦弱得像河邊骨上的一株臨風的蘆葦。我打從黃昏來。黃
昏的髮叢棲着那鳥子卿高的潮聲，不小心却浸濕了冬月。

而聽說，明年冬天將不再見到那鳥子了。
可是，我依舊打從黃昏來。
會不會更瘦弱得不像一株小小高高的荻花？

7

星期二。矮牆外的風流着。
一棵從不喊老的老榕常令我不自覺地走進歲月轔轔的國度裏。落葉很鏘鏗。
圖書館。發黃的天花板幾隻風扇冷冷地轉着。一隻綠色的蝗蟲在窗櫺向內觀望。
我低輕嗆咳一聲。——
猛地，星期二的午后的圖書館就一刹時沉思起來。

8

街頭的市聲囂囂地啃着我肩上的一簇日光。
陽光草草地在一個長髮女孩的鬢上打一個嫵媚的花結，盛夏遂成。
公園的一角。我悒悒地坐一池水蓮如禪，蓮艷紅自瞳中燒成今夏一抹風景。日光。男孩。
傍晚之時，我站起，不意就站成一株蓮。

9

一點點記憶便把我的思緒種在一隻向日葵的根部。
那年。我闌珊的影子是眼睛寫滿荒蕪的渡鳥。
左心旁的血熾熱地淌成一聲絕響，夜夜嘶叫。
廿歲的印象也僅是一些中山路窗櫥裏的霓虹。
如今，我能擺出的是一種怎樣無奈的姿勢？
向日葵的葉脈的渡鳥已叫過中山路的嘩嘩瘂瘂。
夜夜。血在竄流。
記憶在浮移。漂沉。

10

燈明燈滅之后。
夜色已堆砌着有我之髮叢那麼濃鬱了。
並且，很觴詩。
我靜靜把月亮擺渡向夜的彼岸，焚着一首詩稿之祭。

而我之紙煙，總薰黃一張似曾相識的臉。
一張八千多枚日子以來就似曾相識的臉。
卽使目前，一燒起紙煙，那張臉便洶湧在我之癟唇。單眼皮。黃額。及右手。

15

關於午后。
玻璃窗上的陽光的姿態很慵慵懶懶，像花瓶上的一朶欲凋的紅粉薔薇。一瓣。一瓣。殘謝。
關於午后。渭城朝雨浥輕塵。客舍青青柳色新。我低歌的齒誠是己因過度的悲悒而無主。一瓣午后自唇上滑落。

16

一陣痛楚之后，他緩緩自無岸之河的黑暗中逼問我。
且我之雙瞳升起兩鈎弦月時，我伸捕他之右手因他的淚而灼傷，于一回夢非夢的早春，烙下我似劍年齡最初最哀麗的疤。鬱鬱的疤，病着的疤。
迴廊的盡頭，驀然回首，所有的一切吶喊在一夜之間萎墜，一如他如傳說的名字。
下個清明，他我爲比翼蝶。

下個中元，我他爲長髮鬼。

17

寒夜已浸涼了整個脚肢，而冬却把臉貼在石階諦聽秋嗟嗟而去。牆頭的時鐘茫然地叩着呼吸，也嗟嗟。

A·紀德的一册地糧焦倡院擱在書案上，我凝目他氾濫智慧鏡框後的眼睛，轟然聽到一粒麥子突破冬夜的囹樗，不安地而深怯哼嗯出聲。

一隻夜色的猫伏在月下。伸腰。哈欠。

18

第一枚枯葉落在水面時，就染上了秋日的病。

我把舟子推出去，却不聞猿嘯，却不見桃源。

非李太白啊！

非陶淵明啊！

也已記不起秋瘦是怎樣瘦的猶似一聲棹花花，或一聲笛婉婉。

如果陪舟以花雕，惟恐一飲便要醉入唐晉的心事底了。

19

那有他的圓環的中山路的街頭的紅磚道的街頭的中山路的圓環的他，我是如何被陽光嘩嘩焚爲那年九月極其狼之孤獨的一朵煙塵的？

轉向仁愛路的影子終是一瘦就瘦入一抹黃昏雨的水聲底。瘦成城市惟一之蓮色淒淒。

如今，我再也沒有那年九月。往後也沒有。

而他我所記取的，且是怎樣狼，或蓮之神話？他之外的圓環。圓環之外的中山路。中山路之外的街頭。街頭之外的紅磚道。紅磚道之外的街頭。街頭之外的中山路。中山路之外的圓環。圓環之外的他。——我是悄然離途的一匹狼。狼，永遠孤獨。孤獨之外，乃孤獨。

20

偶爾昂首，雨的屍體就壓向我的肩膀，及額。

我也祇不過像是一株菩提，獨立地站在我的方位。

雨花啦啦走過林子以後，我祇顫悸於流出林子的一串伐木的叮叮聲。冷肅的。深沈的，而或許，我非菩提，我祇是一片雲，或別的。更是，我非陳煌。雨，亦非雨。

往往，陌生的常是鏡中的我。

最熟悉的，也是最生疏的。如同，我的右手之於左手。

第五季外稿

1

無告地，黃昏頹然的臉冷冷貼在牆上那座也冷冷的鐘擺上，不知想些什麼。一隻壁虎六點鐘方向，爬着。

我由黑暗中回來，額間坐着他的蓮般惘然。

遂，想像今夕仍在第五季之外開一朵夏未凋的夜鬱？

（夜之月正僵冷。）

（乃嘩然問我，月已叫過街心。）

（猛然，惟一守住二分之一個夜的窗上的一片月光以一支裸體的匕首緩緩刺入我右心房，再靜靜抽出，再緩緩刺入，再靜靜抽出，再緩緩刺入，再靜靜抽出，再緩緩刺入，再靜靜抽出，再緩緩刺入，再靜靜抽出。然後，我赫然看見有一具黑冷的影子躺在脚邊，無告地盯望我。）

2

幾隻飛鳥吻過湖上，多緬緬以一種蒼古曠寞站在水光湄湄中等雨。一序列的風景，在唇上焚着多重的色調。

橋頭不見青衫少年啊！

而屈靈均何在？

而莫愁湖安在？

鄉愁已啞啞叫過暮雲如亂髮千千遍。午后有雨嗎？飛鳥哀哀而去。路過一九七七，我憂憂的紙煙寂寂地跨過一片土地，燒着可燙死人的陽光的土地。

（雨欲近。湖另一端，多玄衣傳說而來。）

（踱着。踱着。踱着。一株岸上的苦苓泣在一首久久被遺落的老歌前。而遠在水聲切切之外的陽關還飛花無處麼？）

3

於於他，我把他的名字寫在水上。

那時，我是如何去從潮聲的孤獨裏讀洛夫的衆荷喧嘩？
那時，不是弄潮季節。天空白得叫一隻渡鳥咯咯而慌。
那時，我多宛似一尾無棲的魚，把我水中的臉凍藏着。
那時，泫然的海暮呵，踈踈蕭蕭的淒寒就擁向西海岸。
——離開千山萬里隔，他還快樂嗎？
（我渡船去看水了。）
（這如是的記憶並不多，茫茫中，我往往不經意在製造一回又一回回的他的海難事件，並且，我怯弱得流淚，像無助的一片烏雲，軋軋復軋軋，軋軋復軋軋。）
（關於他，我依想着？）

4

蟬季已告沉淪在池上一朵紅蓮的掌聲中。
亦非蓮季。蓮祇屬於天國的供祭。
我遙遙看蓮，蓮自視覺的感性裏提升成千疊夏顏的熊熊焦距，焚着我旅人的一角衣鬢。
蓮看我。我乃逸去的一片水影。
我寂寂闔上飛翼般的眼簾，遂被悄悄焚成城中一樹最哀怨的鳳凰，斑剝在沉重的竚立中，每一種竚立皆成輓唱的側姿，濃濃焚去整個西天。
（蟬聲嘶叫宋宮的鬢脂蝶衣，紛紛斷翅。）
（掌聲層落之外，誰記得深閨曾埋下一朵傾國傾城的蓮？）
（還有，誰在不是蓮季底行吟澤畔？）

5

我若是夜空惟一已疲乏不堪的鳥，他小小的肩頭可爲我棲息？我黑暗中的友人啊！
感情令我不測方位地飛呀，盲目般地飛呀，迷茫般地飛呀，而他却逕似一枚說走就走的流星，刷地劃去北回歸線的邊緣，然后，夜空中什麼也未遺下，祇留我不測方位地飛呀，盲目般地飛呀，迷茫般地飛呀。
飛。
飛。飛。飛。飛。飛。飛。飛。飛。飛。飛。飛。飛。
（我疲乏不堪的飛。一寸一寸的飛。）
（我黑暗中的有人啊！他小小的肩頭何地尋？）
（我何地尋？他流星似的說走就走的那個樣子。）

6

斷線的紙鳶的落日之后，我由墓地的哭聲中走過。
一隻白蝶寂化一樣合十在一塊斜斜塚碑上。
冥紙一片兩片而愴色地散落墓場內外。
殘燭哭紅臉，哭天地之憂憂慘慘。
兩朵金盞菊怒放，自地平線上喧嘩而起。
清明節叫過嘴邊後，墓地的哭聲在一隻白蝶謬思中翻掌成一片髒濕的冥紙與一截泥身的紅燭
　　瘖瘂地感傷一對展示地平線以上的金盞菊一路辨認墳碑的歲月。
（也是灰燼之後，我跪下，找一段跌地的紙煙。）
（斜斜的夕照，一傢伙就把我的背脊烙成冷冷的碑文。）
（紙鳶之死，我祇能昂首天祭！）

7

他如月亮的名字，我藏不住在我心中。
瓦簷上，一隻守更的貓一蹲就蹲成一隻月亮。

而我是最最痴遲的樹，月光就篩濾下來，我便千眼看他裝扮為一株白色的水仙，水聲般冷的孤夜一回首就漲過我髮叢的高。情悒的悲河正嗚咽。於是，我遽然輪身，他在月光的河床上靜靜看我。看我。

突地，我遠遠看着他從眼瞳流出聲聲慢。

（他半啓的薄薄如蓮瓣田的紅唇含住月亮白的皓齒，整片夜就如酒的湧汲在打濕的睫眶的岸邊。）

（我痛楚地嚼着捶落斷腸銘骨的記憶，一朵朵一朵朵反芻，咆哮。那貓仍舊蹲伏着，緊緊蹲成一塊瘀紫的黑。）

8

黑夜將盡。我遂把一首詩藏起風中。

這城市，我祇是一個黑暗中的詩人。

而誰也不注意詩人的，連星星、月亮及別的。

我捻熄右手的紙煙，火燼在灰缸裏爭論着生活。再點亮一截煙！火光撩亂了我撲飛的視線，另一些火光就淺淺沾在隔牆的高樓上了。我拉開門扉時，一束橫臥在門檻的陽光竟然把我一絆就絆個滿懷滿懷塵聲。一截紙煙叫着。

（城裏，有一隻痲雀醒來。）
（接着，有一隻蝴蝶醒來。）
（又接，有一隻灰鴿醒來。）
（再接，有一隻朝暾醒來。）

9

秋鬱之后。
天際低低擱在他之髮中沈思。有着紅磚道的中山路一個他的影子拋給我滿目飛花花，我的情緒旋漩盪開來。安全島上，一片暮色深深陷入不斷聚散裏，響着獸般的殘喘。
車站的圓環廣場，是車來車去，是人聚人散。
我祇好輕輕走過去，輕輕望着層層憔悴的臉如我，輕輕聽一些珍重的別語，輕輕等城火闌珊的一班列車，再，再輕輕別過頭看他遠了的背影，我就更像夜色裏那高高孤獨守在黑暗中的鐘樓了。
（秋鬱之後。我捧着臉走開了。）
（鐘樓上，一枚弦月升起。）

10

離去台地的那個日晨，風在相思林夾道的石子路上澀苦地走着。而是那麼深愛征人行的那月亮，叫人忍不住心酸去綿綿由脫去草綠服的日子裏駐思，於是，說如果沒有相思林的晚上，月亮掛在那裏？說沒有月亮的晚上，相思懸在那裏？而最後一次揮睽，居然已見不到相思林的月亮是否還那麼冷。走的一刻，日頭捧着頭，捧着台地的石子路綿延不絕。

（一羣鳥飛過林子，飛遠了。）

（石子路依然顛簸。沙塵揚起。落遠了。）

（相思樹黃花點點。謝了。凋了。飄遠了。）

（是啊！都遠了。爲什麼不呢？）

思想起

1

夜一黑，就黑成像他的眉睫一般時，我已無法想像寂靜的他是站在黑暗中的那方位。
路，被巴士壓得扁扁而猙獰，每一朶城火都陷在街上的窪處，擁擠。
一聲低喻，我被絆倒在依然噴泉的圓環。
即使，他從四面八方走去。
我還是看黑夜浸過我髮叢。

2

終究。

走出他眼影似水雲迷茫的我，就不期然揣臆曾是某個黃昏雨的街上像一幅潑墨的嘩花淅瀝，
澆淋聖肩上成M街最淒哀的雨飛雨？

天黑之后。

或許，長長中山路的雨會歇着。

或許，就等他自最遲的一朵花雨迸落之后沉睡。

我再轉過G市，回去南方。

3

不妨，看他靠在橋頭，看藍藍的衣衫是淺淺的一帖水聲。

落日從許多個城樓的背面打來一種輕微的手勢，遂是，我緬緬而望，一不小心，就把自己也
捧進水面。

清淺中，他乃衆水溟然中惟一的印象。

輕笑。——

一直輕笑。——

哎，亦老漂在我心湖上！

4

天空在一隻驟地撲向孤高檳榔樹的飛鳥的右翼黑去一半的時候，我正把站在西面的一片甸甸的彩霞下的視線斜斜地由黑暗中的遠方，從昇起街火闌珊處的城裏折疊過來，且不斷自熙熙的人潮中去尋覓他一匹熟稔的背影。

不久，天色淹過那飛鳥。

然後，急促地氾濫整個可呼吸的空間。

倘若在如是黑闃似海，月亮是擱淺的一舟瘦瘦的舢舨，那麼，船歌是啓自他唇間最婉約的一頁唐詩嗎？

我既使瘦，也瘦不像一隻蚱蜢舟，便亦載不動二三愁。

但是，檳榔樹也瘦。飛鳥也瘦。燈火更瘦。

夜——尤瘦。

5

如果，爲一雙荒蕪在城上月的眼睛，那種茫漠的孤獨感，而再以狼之寒凉的脚去走G市S街E號前的路頭，在凌晨四時的月光下，他能承受我裸身以寂寞的無助之一般嗎？而城頭一端，聽說月子正孤哀。

思想起，F鎭過了是G市，這樣的距離也決非一個漢子憂鬱的思緒所能悲悒的了。

想像，够多够沉的黑暗正湧上我苦澀的一張臉。

而G市S街E號，誠被我深深感覺到，他正沉睡着，如睡蓮一樣典典植於夜之池塘上。

我走過去，總驚心於把他擾醒。

6

我時常仰望，望比天空更遠的遠空。

遠空的地址在風上。風的地址在紙鳶上。紙鳶的地址在翅膀上。翅膀的地址在鳥上。鳥的地址在雲上。雲的地址在瞳子上。瞳子的地址在他臉上。

而我終是望不見他臉啊！

所以，我祇能每天每天去望，望比天空更遠的遠空。

我甚至於不知道我何時才能低首來望一望自己的影子。

天空總是我滿滿的眼睛。

我也不知道那一雙眼睛是落在他臉上的一雙眼睛。

因之，我還仍不斷去望。

7

這些天來，我總想由歌詞中意識他的存在。

畢竟，舊日非今日，今日乃舊日，總以爲G市的街上依是黃昏雨，而站在雨外却是一段無法追溯的惆悵，在我獨自飄來蕩去的國度中，孤魂一般留下幾許殘凋的跫印。

陪我再走一趟漫漫的S街嗎？

而後，不管誰看誰的背影最寂寥，都該快步隱入黑暗中，叫誰長相記。

8

天色在列車的烏黑濃煙下晦暗下來之後，小小圓環還由一陣陣嘩噪去扮演聚散的戲。

那是一年中最傷逝的日子。

並肩把S街踩成我筆下最熟悉的字眼的形象。

且，發現他眸如星般直直落在車站上空的鐘樓，好似正亦感受某種輾壓的創擊。路，伸過去，陌生一般伸過去。

我猝然感到徬徨，未曾有過悲茫的徬徨。

月臺上。漆亮的軌道在黃昏的暈色下冷着伸過去，陌生一般伸過去。

夜黯下來了。

將會很快黯下來。

而我，必須離去。

用噬噬的價聲充斥動盪的心離去。

9

那個太陽月。

我們居然去把太陽一片片塗在一重重山水的每一枚葉子上。於是說，一個野店的午后走失在一谷盈盈水聲中。於是說，一個向暮沉淫在我們面前的可樂泡沫中。

他向水而坐。

我面山而思。

整個視覺在逐次擴散、流濺，牽住溶入掌中的一山一水；那時刻，寬邊帽的他，輕俏成一隻白色的蝴蝶、翩翩。

而我則孤立成一株樹。

雖說，年輕有什麼不好。

祇是，在心程的軌跡上，我們彷彿說殞就殞的兩顆星星，各在天空劃出一絲光亮後，便歸向東西。

10

低低的屋頂，月光猫一般地伏着。

沒有G市的華燈。

沒有S街的人影。

凌晨二時零五分。我猶醒在一盞蒼白的桌燈前，記憶是濡落在方格紙上的藍漬。

他在管筆下躺着，可是我不知該先畫他的臉，或肩，或髮叢？

四月的夜浸沁我的臂膀，我頹然退出。

轉身跨過門階，才驀地發現我祇不過是醒着。

月光屈身一躍，躍過另一座牆上，躍過另另一座屋頂，躍過另另另一座牆上，躍過另另另另一座屋頂。

躍入遠遠的黑暗中。

在你小小肩上沉思

1

就有一枚花花的蛺蝶黃昏之時輕佻地擊着雙掌落向你小小的肩上，擊出北回歸線以北最悲哀
的晚天。
我被一盞孤獨街頭的路燈在緬然感覺下擊傷！
咯着血，咯着秋纏裏惟是美麗的一束影子，然后，影子乍地亦離我揮鋏而去。
（花蝶一翩，就無端端翩入你之印象底。）
（晚天嗆着咳，我與影子對視整個秋天。）

2

（路燈摔不去的冷，一手就揑住我頸子）

似乎，必然去痛楚你眸的我是一種無可奈的傳說。

源自中山路一街的陽光的焦距，足可焚祭一闕也唐代的愛情。入秋的時候，我乃駐守你小小肩上一隻蝶，沿陽光的曲線苦苦去掙脫，去蛻變啊！我的脚趾植着沉思，植着傳說的一雙紛翼似的唇。

（一縷細細的日光，亦可熾一朶彩蝶的秋。）

（而今，唇遂抿一街艷紅，輕輕咬着午后。）

（傳說正綿續着最詩詞的中山路的噴水池。）

3

每一瓣篩過你小小肩的水霧皆殉情在虛吶着霓虹艷，及車水馬龍的一座七彩噴水池的凝注中。

東北角，驟然落下一道夜色，不聲不響在你胸打一個灰白的蝴蝶結。

我穿過錯綜着的視線的手間，一逸如風。

街頭滿是沉浸於聚且散的不斷奔泊，如我。

一脚卽便跨過秋檻的沉思，不經意地踢翻一些夜市的鳥聲，噪一夕冷泌。

黑暗下，捺不住孤寥的一葉落瓣，蹲成很羅丹的姿態。

（夜已千古。）

（夜已清唱。）
（夜已瀟湘。）

4

有一扇窗，漆着淺淺淡淡燈光的窗。向南而開。我彷若可看到堆叠在你小小肩後一片漠然，刀一般削着我無助的觸覺。倘若我爲窗，你爲燈？走不出被禁錮的感情太久的虐肆，我將凋萎而亡。夜，旋卽有割腕的激動，一株樹貧乏地伸着長長瘦瘦的手，抓向天空有限的空間，也抓住一掌殘缺的雲月。風很風流。一轉身，風就把長鬱的髮幽幽拂向我之臉。

而你却被吞噬於遠方城等的一朶燈花昏昏底，竟有一種江南水鄉的典美，繾綣着仁愛路惟凄清的夜。

推星的樓閣，你依然清淺。
（那時，夜載不動幾多愁踫。）
（深且濃的天際皺着月如鋏。）
（一汐水聲潺潺流過城頭外。）

5

月亮節之后。我仍逸不出你小小肩外的一絲塵雲。
十字街頭上，飄一枚落葉的樹恒執拗一季深秋的美，輾出異地無盡垠的悲哀。
那個埋着有記憶底的屍體的假日之晨。
亮麗的陽光走過你的睫毛，走過我的唇嘴，走過蓮花開落般的朝代。一羣蝶踩着我的肩。飛過去。嘩噪着。
從那天起。蝶似你。你似蓮花。蓮花似睫毛。睫毛似陽光。陽光似髮叢。髮叢似秋天。秋天似街頭。街頭似雲。雲似我。我似落葉。落葉似鳥。鳥似煙。煙似眼淚。眼淚似雨季。雨季似瀑布。瀑布似夢。夢似早晨。早晨似水聲。水聲似月亮。月亮似銀梳。銀梳似河。河似酒。酒似落日。落日似蝶。蝶似你。
我飲醉過多的寂靜，且去秋的荒蕪以背影對我。裸裎着的。
(側仰着臉，月亮節之后，吾以狼之煙踱着。)
(青空猛乍闖出一個臉譜上讀着尼釆的男子。)
(十字街頭在我醉時偷偷把記憶的陽光折疊。)

6

我們誰亦不懂把自己展示得更詩些更散文些？

因爲，我是我？
因爲，你是你？
因爲，詩是詩？
因爲，散文是散文？
黃昏的一朶雨季已散文詩地浸漬了你小小的肩，濡沁了一肩小小的天塊。雨紛紛。紛紛雨。揮不去的沈霾啊！我願是一朶無覓處的雨聲，貼着你的小小肩頭滑過。
從中山路，到仁愛路，可有雨絲那麼長縷千千？祇因天明去，夜半來的一首老歌的歲月在眼波中靜靜流去。
是不是去想一想雨把路擠得瘦瘦的旅懷，對於遠方的我曾是走成一種未央的負荷？
（變調了掌聲后的雨季旋沉淪。）
（歲月像一册線裝書的酸且澀。）
（黃昏在雨牆下漠漠哨着聚夜。）

7

我孤獨地去數着孤獨的樹，那是那樣的日子？
我孤獨地去聽聽那黃昏雨，且是怎樣的日子？

在眼睛說喧嘩着魔登的街上，你小小的肩便甸然承受某種記憶的切割。于圓環的子夜裏，茫然去游漓。浮蕩。誠不是，不是花叫的秋街已嗆一季江左青衫的無奈孤離？

千街上，我之吶喚乃若風燈之零弱。

行行復行行啊！

一隻被淋濕的鳥在噴水池上哀叫一夕子的深邃曠遠。

那些樹呵！黃昏雨呵！

那些黃昏雨呵！樹呵！

總那麼就不藉任何理由便疏疏翳翳落在我脚旁？

（斜斜雨裏的高高的樹，站着。）

（高高樹外的斜斜的雨，站着。）

（圓環之夜，夜孤離地，站着。）

8

終得明白，從南部小鎭到夢城的迢旅，竟是千里星和月的月和星的歲月。

而，你小小的肩却永恒朝夕而夕朝廻照我削瘦的凝視，當我離去，試問，誰是闌珊外最豪華的一朶燈火？誰又才是斷腸傷心的人？是那一朶花燈嗎？若不是，可是誰呢？黑暗已冷冷刺入我寸寸肌膚的底層，刻進骨中。

在深秋的窗前，我祇是牧雲而過的一陣風。

那天的午后吧？我且在窗前遺落一隻心愛的蓮，蓮是植在雲上的蓮。你該不會問我那是水蓮或睡蓮吧？你何必問，我又何必答？於是，我就大哭成一朶蓮似的，哭得秋天更秋了。風仍吹着，吹那燈火，吹那傷心人，吹我，吹你，吹過去了。

（星和月坐着，坐着你眼睛裏盪呀盪的！）

（斷腸人背着臉去，一朶秋燈盯住肩頭！）

（蓮之午后的風，總頹然地吹皺一窗雲！）

9

暮色的中山路是一首柴可夫斯基的第一號鋼琴協奏曲。

中山路的我則是你小小肩上爆開秋霞的第一聲葉鏗鏘。

奮亢的晚蟬早叫過路邊的樹稠樹疏的黃昏。趕在月昇星移之前走來，你乃淌血之玫瑰，澆淋一街啾啾的車聲廛聲。一株弱弱的苦楝在紛飾的霓虹中飄着葉。

當時，年輕的我把一瓣愛情摺成一隻花蝶，夾入你的衣襟下，然后，我擦你肩而過。——

（也許，蝶戀花。）

（也許，花戀蝶。）
（也許，我戀你。）

10

幾隻灰鴿撲碎着寧靜飛過來了。你小小的肩啊！飛過去了。什麼都未曾留下。這樣的天空白得不像天空不是天空。可是，我站在街頭很久了。站得像一顆檳榔樹像路燈。
你，什麼也不像你。我想。
其實，如是站着的時候並不太多。想的時刻更少了。
所以，祇好恁天空自得恐慌。
所以，祇好恁我站得天黑黑。
（天突然紛紛落下，落過日頭之后。）
（落過月頭之后，我的資音瘖瘂了。）
（我的聲音瘖瘂了，你什麼也不像。）

秋殤

1

似乎，你原本就枯立在那裏。
我輕輕走過去，拍拍你的小小肩頭，你就受盡委曲般撲身抽泣在我懷中。
我撫舒你的長髮，我不知該如何安慰你。
其實，這時的什麼話都是多餘的。
你哭。
你儘管地哭。
可是，你可知道？
你哭的時候，我有多難過？

2

自從，你在那某個飛花的夜裏，悄悄走出我心扉之后，我早已無法想像這世界上，我還否能在公園的石椅上或中山路的人潮中瞥見你，瞥見你恒是一襲青衫飄逸的背影。眞的，我盲目無主地在街上逛着，在渡船上張望。

那時，走疲了，就坐在騎樓一角，或者依在防風林裏，奢冀在風裏及喇叭聲中聽到你依然廻旋不去的隱隱歌聲，那時刻裏，心鬱便又醱着一陣又一陣。

偶然，在不名的小鎭吾孑然下了列車，在孤寥的小車站廣場前盤桓很久很久，在一盞銹黃的路燈下找着你遺落的一枚落葉，我捧起唇上，吻了又吻，吻得我的眼淚濕濡了已乾癟的葉片，就誠如企圖想吻醒你一般。

然後，夜驚異地圍攏過來，紛紛告訴我，你曾在這小鎭的街頭露夜而眠，又趕一班戞戞的夜快車默默離開的瑣事。

到那時，我才傷心地收起那落葉，匆匆趕在星星睡去的最後一班車，奔淚而去。

3

一鎭。一山。一水。我走遍了你曾留下踪跡的坊間山川，然而，我是失望了。我眞想停下來，痛哭一場。

可是，我忍住了。

爲了你，我能忍受一切！

不過，你在那兒呢？

夜夜，每當那枚你曾是收藏在我書扉中而如今又不期然從那小鎮尋回的落葉靜靜躺在掌中時，我眞沒法用當時的心情來壓制欲欲奪眶而出的酸惻，在異地的月亮下一回回冲擊在吾原是脆弱的心夜。

夜涼如水。

你在那兒呢？

你冷嗎？

你看到嗎？月亮已昇在一株高高樹梢上了，幾片枯葉在落。

你聽到嗎？橋頭的水花花而歌，行吟復行吟。

今夜，我就枕着冷冷的石階而眠，我想，明朝還有一段不知千里雲和樹的路要趕呢！

4

趕呵！趕呵！

有天，剛走過一座落英繽紛的山谷，我竭了，就在一枚澗溪邊憩下；當我把臉貼在水面時，驀然驚愕於上游徐徐漂來一片細碎的青衫，旋卽，在我投水奮力從水中撈起那熟稔得不能再熟稔的青衫時，我便昏死過去了。

不知過了多久，我悠悠醒來，發現自己的眼睫懸滿了淚跡，髮叢白得像山谷的蘆花。

吾虛脫地躺着。

一枚一枚一叠一叠的飄葉掩住我的身軀。

就葬了我吧，我倏然瘋狂地喊着。我瘖瘂地嘶叫着。

山谷響起千山的回音。

你知道，那是多凄厲而無助的吶喊麼？

喊着。喊着。

我復又搥胸撕髮。

可是，除了飄葉依舊掩在我肩上頭上，山谷回響聲聲嘶喊外，一切都已凝固了停止了。

然後，又不知過了多久。我喊啞了，我平靜地站起來。

我平靜地携着那落葉那青衫回到來處。

5

當我托着疲憊而心碎的步子推開門扉。
月光篩過玻璃窗，白白柔柔地拋在屋子裏，而你，而你居然背我而立，長長的亂髮披落在你肩上。
似乎，你原本就枯立在那裏。
落葉及青衫已滑跌在地上。
我們就如是站着，各自正極力去承受不久將至的衝動。
站着。
站着。
月光亦靜靜站着。
最後。
我輕輕走過去，拍拍你的小肩頭，你就受盡委屈般撲身抽泣在我懷中。
你的淚一下子就濕盡我的胸膛。
其實，這時的什麼話都是多餘的。
不是嗎？
你哭。
你儘心地哭。

你也無須告訴我你不告而別的千萬個原因。
你原諒你的一切。
現在，你回來了。
可是，你可知道？
你哭的時候，我有多難過？

誰也留不住陽光

1

二十一歲。——有幾多枚日子？
能夠由歲月激流中打撈起來的且有幾多可愛？
二十一歲的漢子的確不敢想像記憶已宛如現實裏的山山水水，叫人得花很多時光去很厲害地沉思，猜臆。
也許，就因爲那個二十一歲的漢子不知往後還有否幾個二十一歲的原因罷？

2

當然，那個年輕的漢子可以怔怔地像他自己詩下的一枚雲一般去瀟洒地浪跡天涯。

可是，他總那麼以爲，曝晒在自己臉上紅紅的陽光竟若吶喊着一遍遍的南方不下雨。走着。

走在北方的竹塹台地上，他不免驟烈地喘着氣，枯乾的雙唇始終含也含不住欲衝心房的鄉音，與秋天的紙鷂同翔。他不忘自己像隻漂鳥，而南，而北，嗄住一片陽光又拋擲一片陽光，在發覺已走過一段天涯海角的陽光道之后，他猛地就狂奔起來，尋一口有月光的水源，嘩啦嘩啦地捧飲起來，彷彿一隻饑渴的野獸。

3

是的，陽光除外，那個漢子惟一的感情也遺失了。

他幾乎無法忍受感情所加在他身上的痛楚是如何的深切！他欲言又止地走出他心愛的女孩的瞳外，把背影裝着很挺很堅强，他想叫那女孩認爲他是一個眞正的「漢子」。

是無須流連迤邐的。漢子想。

一章感情的故事也不一定要有結局，一個沒有結局的結局才是一個使人百般懷念的結局。他揄揶地笑了。

苦笑常出現在他孑然時的唇上，却往往一閃而逝，像流星。孤獨的時候，那個年輕的漢子就痴然地笑着，淺淺而扭曲的笑，笑着，笑着，直到那個女孩的影子直撞過來，他才頓然醒了，孤獨便又牽强地拉動他木然的眼睛，望向白白的天空盡處。

4

仲夏的朶朶陽光滑過他削瘦的臉頰時，他已經坐盡一個蟬聲奮亢的午后。

不是相思子成熟的季節，否則他會把一顆染了自己的血的相思子像心一樣捎寄給她。

祇是，陽光依然囂狂地在街頭遊行。

而漢子却癱瘓在高高的山地上，在某些個午后有似無似地眺望遠在一朶雲外的陽光，至少，他可以確認那兒有一個美麗的女孩，或許也想念着他。

陽光移動他的身影由東而西，再由西而東，未來的日子是交付給陽光了。

一日。又一日。一日。

5

有一日，二十一歲的漢子在街上踱着；猝然，由騎樓一家玻璃窗櫥的反射中，瞥見的鬍鬚長了，髮叢長了，看來太苦澀了些。他不經意的就對着影子相視而笑。

乍看之下，有點老態的模樣！

可是，很快地，他却收斂起他的笑容，又開始邁開他緩慢的步伐，讓慵慵的陽光把他曬得懶懶散散的，一個失足，就可能不醒的樣子。

街上，一雙對一雙對情侶擦肩而過，拋下一些也似曾熟悉的憧憬。最後，那漢子忍受不住了，他拔腿就跑，他要逃離那些記憶，那些痛苦，惟有逃，逃，逃，才能使他的心靈平靜些舒服些。

遂是，他無目的地的狂奔，一街又一街，一街又一街，眼淚在眼眶上流着，在心靈上淌着，一骨碌地濕了全身，他跑著，跑著，跑出了殷紅的血，他沒有停下脚步，他知道，他一止步，他就再無法忍受眼前所給予的刺激。

但是，他終於停下來了。

倒下。——

陽光在那廿一歲的漢子的唇上留下最末一朶夏日。

閉上眼。——

隱約有許多憧憬爬在他無力的眼睫上。蠕蠕地。蠕蠕地。

寄旅的歌

0

狩獵著一輪很歷史的落日的殘局。相思在相思林很相思了。

踩住疊起的落葉徑是一帖也哀傷的鄉歌，那飛出M十六的眼孔的一枚如夜的寂寥。由那自稱「遙遙」的男孩去輕唱？鄉情是不像他的名字一樣，也遙遙？

黃昏事件由那片疏疏的相思林上昇起，昇起成一張旅人的憔悴如秋。不是相思子成熟的季序。

1

那日午后，武器保養。男孩把冰冷的槍舉起。瞄準。擊發。命中。——一枚暮陽淌著可怕的殷血由窗外殞落，像那男孩的臉。

2

幾乎每一個晨昏，必須追擊一個霧季的流向。

那時的每一首戰歌皆鏗鏘地把晨與昏抛落，抛成一旋律一旋律的高音階。往空曠中挺進，作一次霧季的搜索行動。那時一支「英勇的戰士」在四重唱的激盪中擴散。

還是，晨昏的霧紛紛墜落。墜落。

3

幾次子夜歸向部隊營區，那隻叫「阿米」狗便把我叫吠得很冷寒。牠從不認識任何一個穿便服而走近牠的人。

牠就如守候著一串多星的寂靜夜色，像我們必須守住一片土地的執著。牠綣伏著，月光篩濾枝葉如網，輕輕覆住牠偶而閃爍的眸光。

4

相思林裏，我直立成一株相思樹的姿態。

落向孑謐心湖的思緒是一枚小小想思飄葉。

悄吟一支不熟的短歌麼？我不見你的音容，你是草叢上提著螢燈的人，如風如絮婆娑像一曲秋聲。

那個黑暗裏的一等兵想告訴我什麼，雙唇在夜裏蠕動如一雙槳。

5

不見白鷺。不見秋荻。而再去看一枚很玲瓏的淙淙谷。

相思的人呵！相思的旅人！

谷中溪水清流，走出一片潺潺淨淨，小小的亂石灘凝思著。我是那越過溪聲的水鳥，一聲輕啼，吟唱一片暮霞的豪情。

生命誠可貴，而在坎坷中站立起來的生命更可貴。

6

固然，不是一個很鄉思的月亮節的夜裏，我仍然去追懷一個同是攀戈衣戎而却孤獨守候在一片砲聲嚧嚧海島上的友人。

幾乎，未曾揮別，就把南方的陽光遺留在我的心湖上，匆匆地就顛簸而去。沒有留下地址，也沒有留下遺言，却留下一枚令我眷念的影子。在有星光或風雨交加的夜裏，我就與你同在。

友人，你能告訴我，一灘聖島上的潮聲是怎樣的悲壯及憂傷麼？在那一小片土地上，多少的血與淚灌溉了雄壯威武的戰歌如虹？

而今夜，還是月亮節麼？

一枚如何騷人多感的月亮？

月光疏疎，流過耳際，彷彿一汐波濤洶湧。

7

每一個暾日，幾幾乎乎是被鳥雀所敲醒的。

——如何想到一個嫵媚的春天是鑲飾在你我的明瞳中的？

一個命令裏，一序隊伍集合起來，像一林葱綠盎然的森林，在陽光的美學中，我們的唇間都綻放著一朵鮮花。誠不是，一個日子原是美好的？

但是，如何去學習鳥雀的飛姿已不再是絕頂重要的事，而磨練在日子底創造，生存才是目的。

8

山脚下的橋頭，一列南下快車急遽地趕著，悠悠升起的白霧像一群緘默的鷺鷥，圍住一片雲烟漫漫。

——長笛急促的喘息之下，復又載走多少旅人、旅情？

在一次野外攻擊中，我就躲在蘆花叢中孑然專注它匆匆而去，就不經意地思想著。

驀然，一隻白鷺廻翔在橋頭流水間，投駐一影茫茫水色，一陣盤桓之後，就消逝在陽光裏。就轉眼間，我又想起回南方小鎭的迢程中，去瞥見河下的零亂的荻花，就猶如一抹抹乘風欲翺的鷺群，總帶那麼一絲一縷的思臆不止。

五月的時候，陽光恒是徘徊在我的眼底。

9

落日。日落。

日落。落日。

交響在曠野上的戰歌遂是翺翔，遂是繽紛。

北風在沙石路上唱著悽然，一隻野鳥撲著灰色的翼，奔向一枚由夕陽擧行的野宴，而一回回的單兵攻擊與班排攻擊在斜暉中落幕。祇是歌聲昂亢激奮，唱入雲霄，唱出群山，把山那唱得豪放。

我不知道，這一些歌要被唱多久，但是，我了解，在人生道上，有一天，我總會再唱一次。而在高唱一次的時候，我會站在長城上、站在紫金山、站在揚子江上嘶啞在唱。唱唱唱…………。

10

時光是值得謳歌讚曲的。

但是，誰能告訴我，記憶的旅程有多遠？

一些夜裏，我寂寞地醒著，寂寞地去回想一些往事，靜靜的夜深如谷，一瞬時便塡滿心膺，激撼異常。

如果，一個來自南方小鎭的旅人情懷擁有多少祝福和寄語的關切的心籍，那便是你的賜予。那我該如何感謝你所給我的呢？

良久。良久。我無法抑制一枚澎湃不止的心。

而一片薄陽正逐次由東方的雲端蓮步而至。

二等兵手記

1

野地黃昏的最後一隻候鳥昇騰自年輕漢子的視線之外，一陣戰歌之後的沙塵遂在擴張，一樹枯柯在空曠遠遼山崗上以一種無奈的手姿抓向不是雨季的九月天。

（天空祇遺下那候鳥掙扎後的白。）

漢子不經意伸手摸住切肩的一勾絨背章，總要牽動緊抿的唇角，像那候鳥高傲的翅翼。

2

在月下守住一些鼾聲，和老班長叫「阿米」的狗。

斜斜靠在蟲鳴下的準星閃出一瓣夜色沈沈，漢子的瞳子後面已容納不下過多的黑暗，一種未可測及鄉程的黑暗，由邃遠的寧謐裏延綿過來，不斷迴盪。

3

斷陷在像墓塚裏一般魅夜下的風城印象，往往在風刮得M十六發出絲嘶的吶喊的時候，那二等兵就把如潮的思緒仰望成一個眞正征人的干雲豪氣啊！

幾多時，他就鬼魎般慣於常常坐在山上的石階上織著故國在遠方的風聲裏哀怨一聲急過一聲的纏鬱？

風城非長安。長安非風城。

多感傷啊感傷！

故國爾今安在？

4

有一首小小的詩，被悄悄地壓在征塵的歲月下太久了。

漢子想。想。想。

夜很唐代之時，他就狠著失眠去想。

想著想著就溼濡了自己的眼眶，酸了多憂的肝腸。

白天。野戰訓練。他猛地在一聲生死邊緣的命令下仆倒在劃傷整肢手臂的亂叢內，血紅的螞蟻咬住他寫詩的手，用力撕下一處處臃腫的血痕。他忍住淚水。漢子祇把淚水留給秋海棠的懷記。漢子曾是發誓過的。

而那首小小的詩，居然令他慟憾地舉不起筆來，在一段不短不長的戰鬥歷程後，依是悄悄地壓在悸動的心湖底太久了，太久了。朝。夕。

5

眼睫過去，祇有季節風在不斷起伏的光禿禿沙坡上祭著寥遼茫色之旗幡！沒有任何一隻飛鳥。

偶爾，祇是漢子的長長影子馱著落日，槍眼裏望不見故都的千古悠悠，及揚子江的流水嗚咽！如何在此間此地的感覺裏，以一個孤臣孽子的漢子在遠不及目的風季野曠外，想像一個中國是如何的古典和東方呢？

回頭的相思林裏塞滿了陽光的甸實，看著的時候，彷彿有著太多雜未濾的憾動在植長，在必須深信，植長是一種莊嚴，且又痛苦的歷程！那漢子徐徐走進林子裏，那兒有拾也拾不完拾不起的碎陽，鏗鏘地跌在髮叢上，肩頭上，心版上。一如一身濃綠的征戎，誠是必然去承受一切的艱困拂逆，與旅行浪跡！

（風依舊粗獷！）
（依舊鳥未歸！）

漢子手記

1

午后長夏的一叠濃濃的陽光一脚就踩進那已守候幾百個迢塵綿綿密密的漢子的雙瞳底，再延著削瘦的臉頰，用執刀般刻彫的手飛舞地，粗粗獷獷彫出一束沈鬱的背影來。

一林的蟬嘶在左肩外的相思樹林子裏激亢地叫一天空的白。

日落之后，漢子的影子一路啃着歷史的低泣伸延過去。

那邊，穩穩傳來野砲的喘息聲。蟬聲仍續。

2

有許多話非留到與月光同眠時，在短短的石階上談不可！漢子急驟地想。

那一口井啊，聽了幾世紀的戰役悲傷事了呢？

月亮一坐在屋頂上沈思，總不忘在井底顧影自憐起來，漢子就乘這機會聊了開。漢子變得不再緘默。鄉愁甚近。伊人甚近。離途的山山水水的奔旅在唇邊一骨碌就沈澱成井湄惟一的啾啾蟲聲。

漢子撐著顎，撐著一地孤絕的靜，這樣離軀殼甚遠的靜，恒是使他不經意地去緬懷一枚征人的野夜是一枚多酸楚凄漠的征夜？當漢子的視線緊緊抓住一片月光的聯想。

3

——餐風飲月的竹塹的弟兄，焚一支紙煙，如何？

季節風又凜冽地吹凍一張張南南北北的臉，多中國的臉！多東方的臉！

一支紙煙就無端端喚醒多日的寒寥，恰似也喚醒漢子如亂雲的髮叢。那時，誰顧得了車轔轔的顛簸來？那時，誰記得了年紀輕輕的浪漫來？——是一段被烽煙誘住的歲月啊！歲月往往是一本讀來孤獨且苦澀的書。也一如漢子指間的一截承受千古北京人傳統不屈的紅燙紙煙，正寂寞地燒著，嚴肅地燒著。

竹塹的風呼呼地吹着，吹熄一支紙煙，又吹紅一支紙煙。——那漢子的紙煙淡淡照亮一張張南南北北的臉，那中國那東方的一張張臉。

4

漢子不常喝酒了。因爲一喝就會不自主地喝得心酸，喝得酒瓶見着海棠的悒悒顏色。

碉堡上盤坐着一片雲，雲是白白的雲，雲是孤子孽臣的雲。在海峽的那頭，是還駐足着那樣的一片雲？漢子不能想。漢子也很難想像了。——去問那個白了像一頭雲的疏髮的老班長嗎？那個總會用神往而帶着淒涼語調談故鄉事的老班長？

那老班長常常要拉着漢子陪他喝一杯。

老班長喝的是什麼？

漢子又喝的是什麼？

5

日頭把血般殷紅的又伸向曠野的一端了。

一隻孤鷺寂寂飛過天際去。飛過去了。

漢子佇仃地站在林外甸甸地去看這一枚且殞的風景。

久久。久久。才轉過淚襟的視線。——

陪我橋頭等雨

1

（陪我橋頭等雨！）

那有着長髮的漢子打從長街過去。雨就淋濕了每一株樹。雨是在雨。

——今夕，他來不來？

橋頭的一端。漢子站着。

橋下的水聲無端端漲到長髮的程度，並且，湧上漢子的眼睛。叫著。

2

（陪我橋頭等雨！）

淤血的落日一傢伙被霓虹街趕到橋下去。溺死。
六點一刻。不知誰在河之一邊外懸起一盞燈？漢子就窒息地想。

3

（陪我橋頭等雨！）
烏雲低得飛不起一隻長尾鳥，就壓住一張憂鬱的江南的臉。泫然。
望不見一朵蓮啊！漢子的唇抿住飄泊的冷。
偶然，一個仰臉，雨就跳下濃濃的眉來。

4

（陪我橋頭等雨！）
打不打傘都將是一種淒美的小小的失望。
漢子的名字是寫在雲上的，如今，那雲已遠去浪跡。
只是淡淡的影子陪著漢子的後側。欲言又止。
聽說，夢城現在是打油紙傘的時候了。

5

（陪我橋頭等雨！）

摔下河床的視線被牽絆著零亂成一大片黑暗夜。
漢子沒攜來七弦琴。汨羅江渚也在千帆外。
如是的獨步，便隱隱一陣酸惻一陣。一陣。一陣。

6

（陪我橋頭等雨！）

這樣的流水沈沈地來自無處去自無處，誠如河上淺淺的水渦。漢子瘦瘦的身軀已擋不住欲來風滿樓的西北雨霖霖了。一朶雨花將驚醒一枚星斗。於是，便會有許多不眠的眸子瞪著漢子整夜。整夜。

7

（陪我橋頭等雨！）

風雨淒遲地遞過手來的時候，漢子的身正墜落在羅丹的刀上。雷電一刀就閃進漢子的心。

電線桿上，一隻遠來的布穀鳥睇著空茫的小眼球。曾哭過的。——此去不知風風雨雨。

8

（陪我橋頭等雨！）

猝想起一季那麼多的名字，而竟然在水中紛紛碎去！借問，長安酒坊的醉，是種什麼悲楚傷鬱的姿勢？

雨之向晚。漢子開始嘔吐。啜泣。

不知何時。醒來。還兀立在冷冷的橋頭。

9

（陪我橋頭等雨！）

已不再弄簫聞笛，一襲青衫滿低迴！羊齒植物一路張口咬住長長的午后。漢子的投影，刷一聲射向多之墓誌上。

雨在橋上踱著步。談論一些舊事。

設想今夕有月，是升自他窗前的月麼？

10

（陪我橋頭等雨！）

漢子已够瘦得飄逸了。愴涼了。像橋頭黃昏最美的名詞。向西而望，一掌的冬季正傳說比落日還殷紅的一朵蓮想。漢子的手指便深深陷入他之肌膚裏。雨如淚。

冰冷地劃開漢子的臉頰。狂奔著。

11

（陪我橋頭等雨！）

攤開的手掌，一束微雨哭著。

身後是記憶沈沈。身前是遠方茫茫。幾簇玲瓏的水聲流過脚下的憧憬。遠了。淡了。

漢子想著。想著。一瓣雨花如他之名自唇角殞落。

12

（陪我橋頭等雨！）

在如是宛似小令的橋上等雨，該會不會太悽艷太情詩呢？

隔著欲泣的暮色，隔著有韻的空間，他來是刹那，他不來是永恒，但竟感覺到每一朶雲上的雨都像他。像他。

可是，漢子却還迷信著愛情之死，迷信得很拜倫。

13

（陪我橋頭等雨！）

漢子猛然想起橋頭一隻蟬因歲月而渴斃。那些往事便可夾入泰戈爾詩集裏，像壓成扁扁相思的一隻鳳凰紅蝶。

終因，細雨在髮間開成一株水仙翩翩后，誰也沒法留住揮手如一闋源自洪荒的神話。他爲岸。漢子爲岸。兩皆茫然。從北回歸線以北到北回歸線以南。

14

（陪我橋頭等雨！）

一枚星子爲一回約會而織明。漢子已立盡東方的古典。一隻蜻蜓如雨飛來。猝見。又一朶水仙欵欵似一千個他走來。挽着唐詩。

15

（陪我橋頭等雨！）

雨在橋東。雨在橋西。雨在漢子的愛倫坡的眼底。說雨時。雨遠遠近近地琤琮響。夕照捧著太白的酒在河彎的潑墨裏枯寂地坐著。寥寞地喝著。坐著喝著或不是雨季的雨季。漢子的背影有點佝僂，落在水窪中。

16

（陪我橋頭等雨！）

問他，這樣高漲的河上，可以撈得李仙那老頭醉死的水月嗎？如果不，還等什麼？漢子祇壓低着烏黑的頭髮，蓋着烏黑的雙眉，蓋着烏黑的雙睫。哎！也蓋去一整個天色啊！

17

（陪我橋頭等雨！）

在此間，望不見七夕，望不見鵲橋。雨疏。雨聚。瘦瘦的橋。瘦瘦的樹。瘦瘦的河。漢子寬寬的肩正承受整季瘦瘦的雨的雨量。此時，七夕甚迢。鵲橋甚邃。

且總想像自己乃橋頭之外雨聲切切中的一盞燈。

偶爾，在寂靜的雨天亮起。熠熠。

18

（陪我橋頭等雨！）

東南東的雲層一下子就罩住那身邊的長街的喧嘩。時針與分針無語地咬着近晚，咬着漢子沉甸的眼。

一輛紅色的街車懷古般地擱在長街的盡頭，雨裏就紅得更紅。漢子此時才想到，自己的影子不知要往那兒擱才好！

19

（陪我橋頭等雨！）

嘩啦！雨淋漓了一片島上的南方成一卷宣畫。

蛙聲乍落乍昇由水草叢內躍出，叫着噪聒的靜。漢子的身子，一依就依入重重吳宮裏，鬢髮香衣已葬於一則楚艷千古的典故中。一隻水鳥在耳際叫着飄泊。

20

（陪我橋頭等雨！）

長髮的漢子站着。每一株樹也站着。雨以花一般的情調走過來。漢子又窒息地想。

——今夕，她來不來？

那時G城的火車就要開

1

彷彿，等雨聲急促如我之心跳，便持一個最小最簡單的理由撐著油紙傘沿雨鎮的寬馬路走去，轉到灘頭等潮漲汐落。錯織的雨點飛沾髮上，有一種欲泣的激撼。眞的，天空溢濫了够多淒迷旋盪，不小心就會駐步在我的眼瞳裏，向許是寥寞許是悒愴的那江山遠遠守望。

左脚提起的水漣疊進右脚踩下的另一朵窪漬中，想來，過了橋頭，可以望見G城的你吧？而你會懂嗎？一衣唐裝襟上濕，油紙傘外淸淺聲，這樣的感覺已够眩然的。

是啊！

驀猝感到未曾臆測的濕冷沿頰邊切下，一直深入肌膚中。橋頭的雨被掀起來，紛紛躍過我的手掌。

然後，所有游浮的靜都落下。一枚舨舢滑過水面，和一隻水鳥。我的站姿，恐怕始終很秋天吧？

我的站姿，恐怕始終很秋天吧？

2

我的站姿，恐怕始終很秋天吧？

高雄的秋天就要來。——說起到澄清湖邊去看蓮，或坐上火車在某一個小站下車，都是很美的事。

爬著苔蘚植物的斷牆上，去秋最後留下的一枚吻還未乾，我便可想像自己立在G城中山路你落地窗對街的屋簷下撥電話給你的孤獨，如同那時秋光翻飛在我肩上的懷念。

那時，G城的火車就要開。

車過G城，是冷雨。

車過冷雨，是水上。

車過水上，是渡鳥。

車過渡鳥，是後壁。

車過後壁，是流雲。

車過流雲，是新營。

車過新營，是落霞。

車過落霞，是渭城，或黃鶴橋？

或秋日？

噻。噻。噻噻。噻。噻。

噻噻。噻。噻。噻噻。

我廿四歲的背影在烟塵之后是惟一的陳煌。秋是秋。孤獨是孤獨。妳也許認識陳煌。但你懂得陳煌？唉，列車都已噻然拋著濃烟而去，濃烟也會逐漸淡的、消逝的，終而一無所有。我掌中所能握住的，也將流失。在熙熙嚷嚷的人羣中我尋不著你是否也深鬱如古瓷的瞳光，那些喧呶的人是那般煩躁，層層手姿把你隔闋在人潮之後，好像隨時隨刻便能把你溺斃一樣。

城樓的一些霓虹離我太遠。

這樣，我祇好趕一班向晚的火車回去。

說澄清湖邊的蓮花不知開否？說——

說著。說著。說著說著。夜是一張黑臉。

風撲在倦極的眼瞼上，映著車窗的光圈，唉，散聚原本就是件很美的事？甚至，你也不是你，陳煌也不是陳煌。

我猛然想點一支紙烟。

3

我猛然想點一支紙烟。

殷紅的火光焚落在我痴視的臉部上，爬著。

像這般不眠夜的烟燼處，祇有壁下的分針時針追逐，祇有一隻不動的爬蟲冷視著我，祇有玻璃墊下的你蓮花依然，我指間的烟截燒著寂靜，如是的我已誠然萬分痛楚地想像每一種想著G城黑暗中的你的姿態都可能是最情傷的！

隔著多少夜多少城火的窩窩，我仍坐在此端，吸著比多還嗆咳的紙烟，却又陷入比黑暗還深沈的愁淵中。而那端城樓下，你薄薄的小肩又能承受多少夜多少城火的感覺？既使，紙烟已燒痛的夾扁紙截的手，燻痛我血絲的雙眼，你且又如何如何也想像一個叫陳煌的漢子是一個多像陳煌的我？終究，一截夜色在我捏熄的烟灰器中僵硬。昨日已遠，今日從我擧起的一根柴火微光中出發，閃身擦肩由視覺之外跨逸而去。

嗆咳之后，夜俯臉看我，我乃幕夜裏斜坐成一束如叠厚妳所有信箴的月光，某種角度地靠在窗壁。

至此，紙烟上的每一根指頭都想著你。

4

至此，紙烟上的每一根指頭都想著你。

或者，還會去河堤走走吧？吸著烟，吸亮自己一張遼寥削疲的臉，比水波還瘦。你我的距離是一千根紙烟的思念的距離嗎？在G城的黃暗中藏下我濃濃的身影時候，乍地感覺我指間紙烟冷向雙唇，冷向左心房的每一枚血球。河堤的河水也許更冷。我躺下來突然想再抽一支烟，等睽別的悲劇在河上寫著十四行。

這樣的我祇好裝著什麼也聽不清楚，低首疾走，那曾埋在你眼睫底下的二三語，都打濕了，像決堤於河面我破碎的名字，在下游無助地沈浮。

G城的月光源自一池噴水的千古無奈，無奈得令我調不整脚步，所有負肩的絲絲燈火一夕之間，受創於中山路街頭一聲聲似遠猶近的風嘯中。斑馬線上，一些霓虹站著，不安地站著。安全島已飛不起一隻麻雀，飛不起一株棕櫚。好久好久，我悲愴的髮叢才冥冥睡去。

如是，如是焚詩的右手，如何在爲你寫下這長長的散文時，又不盡地哭泣起來？詩呵，散文呵，何其無辜！我伸延於夜裏的右手，又何其燔祭！於是，每闋詩都是你，每帖散文都是你。一直到我的指頭酸了。一直到我的烟燼冷了。一直到你靜靜的影子移出我滿滿風嘯的瞳光。

一直到——什麼都凝凍著。

城樓的電鐘，才冷冷敲下一塊時間。

5

城樓的電鐘，才冷冷敲下一塊時間。

候車室的彩色椅空落地排列著，彷彿都坐著我。白色牆上的電扇喘著氣。隔著月台的栅門沒有人，祇站著我直直的視線。最後一班列車開的時候，你還自子夜的仁愛路噠噠奔來？

有人在門檻前的石階上蹲著，且燒著紅紅的烟，黑色的屋影壓在背上，壓爲G型。

今夕以後，你我將是各自南北的兩枚脫軌的殞星，註定得在兩地承受不同各類的孤獨，而從來不管夕夜已紛然侷蝕自彼此的肩。栅欄過去就是月台。月台過去就是黑暗。再過去，再過去，就是我白色的背影？重街之外，你小小的窗可曾落下幾片月光如我之襟衫？當我來我去皆肩負著過重的行囊叫過G城，街道上却冷清得像你窗前最後一瞥。

然而，我還是得離去，離得遠遠。

一離，就離去你的眼睛，窗的眼睛，月光的眼睛，街的眼睛，和一切別的眼睛，這樣子，才感到無所牽掛，無所傷情。

不然。

不然，便等著G城的火車載著我，與我簡單的行囊，趁鐘樓未再落下第二塊時間前噻轟噻轟離去。

如果，尙有一些什麼未携走，留給夜，或招物處也好。

連旅客留言的黑板上，亦留下我潦草的字跡，一如我蒙塵的心痕。

誠不過，我還是得離去，離得遠遠。

6

誠不過，我還是得離去，離得遠遠。

昨夜燈前，羅勃的 How can I tall her 再度糾絞我平靜的情緒，一種千難揣測的憂纏打轉在臃腫的眼線裏；我猛一翻掌，歲月的傳說就像斷了線裝的扉頁一樣，零亂得不知所措，接著扭熄一切刺目的光線，如同一尾魚，切入黑暗的胸，讓一支紙烟獨自去吶喊。

現在，牆外風呼呼，雨零落走過鋁製屋脊，而不知那一片G城可還寧靜？八九月不是月亮節呵！我尙孤坐。那麼，或者需懸亮一盞燈嗎？柔柔照著我的眼睛和往G城的路，終是，鋁製屋脊的雨零落走過，風呼呼在牆外。

我又微微向北，用右頰接近，去測探你的距離。

空白的箋紙藏在桌屜中，像藏著一段暴光的日子。

我不安的髮絲總噙住孤高的額。風以十級的速度撲擊在銅綠的門環上，叩著人不眠。雨濕濺了夜的腳，我早就該閂起門的，否則初秋輕寒的感覺總會跨階而進。

二更的時候，雨不盡風又長，一截紅燭靜靜地躺著，如此你是否能也想像得到燭殘秋更殘的島之南方，我倦然靠在深深的椅背裏，便如同一靠就不經意地陷入緬緬古畫的墨顏中一樣，而這種沈溺窒息的情緒，你是永難猜臆揣擬得到的。不是手交手，也不是肩疊肩，祇是一過二更，G城的火車又要開，進站出站也原本是種必然的過程，在這過程間，你我的角色所扮演的亦不再重要。

果眞，等停電了。那截紅燭也或用得著，但那且是幾更天後的一件小事了？

視覺移過窗格，往上，直角的一片天空合適地鑲在窗框內，不知明朝天晴否？我想。

然後，我站起來，一大叠的黑暗由肩上跌落。

7

然後，我站起來，一大叠的黑暗由肩上跌落。

天很快會亮入屋子的。

祇不過，雨勢不會歇著，我零亂的聽覺總要觸接到潑進階子冷冷的水聲，不得眠啊！

G城一端的你，水晶簾之後，你又那能堅持自己去從舊日的一刻相識中翻尋我的影子，恣意去禁錮自己？如果，我撐傘從當前而過，我也祇是過客而已。街頭上，誰也不識誰，我來即我去。

今夜，我的髮叢又長了許多，這可詮釋如何程度的心距。在夜半來天明去的醒之邊緣，驀然驚慌惶恐起來？一隻鞋被我踢出遠遠的伏著，一些濕了的夜由鞋中流出來，而後沿花磚的紋，擴散，浸蝕。今夜以後，你也不再記得我。是啊，一旦失去某種機緣後，是千萬隻手也沒法挽回的。倘是，路過G城，城火下還尋得你？不然，我守在車窗這邊，再一度恁單調的轟嚨響過，恁臉張望著一排排房屋的姿態及一列列街燈的頭髮。也好，在我溶入黑暗的城外之前，想一想，往後的路程還有多長。我的髮叢是不還廿四歲。

到底，我也祇是陳煌。

陳煌，到底祇有一個。

8

陳煌，到底祇有一個。

妳可以知道詩是什麼，知道散文是什麼，但是，你不可能知道陳煌是什麼。至多，你祇知陳煌是高高的個子像樹、削瘦的臉像天空、寬寬的肩常藏在油紙傘下、零亂的脚步常選擇寂靜的街頭去走。你印象中的陳煌祇是一種風景？天亮了，手掌顏色的陽光爬在窗桌上，或者床頭，我一首寄G城的「髮殤」看來够嗆咳的詩啊！連陽光照在上面都感到無比酸憐。我把陳煌的名字斜斜寫在一張薄紙上，而自己却不敢想像所謂的我，在無所謂陳煌的視界下，看來也都是一種痛楚的樣子。

曾是G城，我裝成路上的旅人，一次駐步噴泉圓環的飛水中，便是一次望不盡幾重漆黑的街路。

推開一扇門時，才訝然發覺你我原還隔著一抹橫流胸膛之前的G城與小鎮距離的陌生。往往，又關起門時，再感到左脚已跟不上右脚的速度了。

街車馬龍車水地壓過，一類最空虛又難奈的事進行著。一隻蝶突然跌撞在街上，是不是尋不到G城的路呢？不久，聽說雨季將又度來臨，天空的皺紋將會更深更沈了。那麼，我是不該恣意走一趟G城呢？撐起傘葉時，雨從那橋頭一路擁擠而來，並且嚷過許多條街。

一個初起的早晨的皺紋就更深更沈了。

9

一個初起的早晨的皺紋就更深更沈了。

我握筆的手掌頹然躺在發白的稿紙上，按着，不動。之後，攤開，我才赫然發覺掌心比白紙更白。同時，每格子的稿紙裏都是你，塡滿。我有一種被游漓的感覺，被溺水的感覺。淆然的雨水已漲過石階了，再漲的話，整個早晨就被淹沒了。

那日，蘆花與墓墳一端，我站著看一列北上的火車駛過，這樣的情景，我實在很難告訴你又是列車又是落日又是有心人，三者之間一刹那湧現的痛楚的心理，藉著墳墓與花蘆的寥冷，像被刺入小刀在心房裏那種急驟嗆咳不斷的感觸了。不免淒涼，如墓上的碑文，如蘆花的空枝，當四周的靜又逐次合攏，好像不曾發生過什麼事，好像什麼也未存在。——是啊！我滾遠稿紙之外的筆，怎能有知呢？怎能見證呢？

昨夜，有人跟我談到你，我不想說什麼。

我不知道，從此以後，還有人談起嗎？不要談。讓我遠遠的關懷你，一如關懷自己。毛玻璃窗上的雨勢潑下來，立刻蝕進我的手指，和嘴唇。

雨後，尚有雨季。

也許，我願等下個雨季來之前，好好整理自己的心緒，深信陳煌仍是陳煌。

10

也許，我願等下個雨季來之前，好好整理自己的心緒，深信陳煌仍是陳煌。

又說，澄清湖的蓮花開了嗎？

又說，油紙傘的雨如飛花嗎？

又說，中山路的秋光刺人嗎？

又說，G城的火車就要開嗎？

某次的躓踣，却是因我一根曲綣的斷髮，至於撲倒後，我的臉向北貼著，澀然的泥土塞滿我僵寒的嘴，一直傾聽你的脚步遠了，遠了。

李白・乾杯

1

李白，乾杯！

2

在整個寒流從蒙古——這僅能由地圖上找到的地方——而孤憤地、而遼遠地、而奔過中國海、而凌越觀音灘頭，最後，扶著疲乏的胸，守著島上西海岸的台地上時。

那漢子的髮絲在黑暗的曠野中飛起！

他的皮膚被冷冷的風勢，在叫過碉堡上的蘆花群之后，刺刀般利的被撕裂著。

他的唇緊緊抿著，却已凍裂，裂紋深得可以藏下所有的黑暗。

然而，那漢子站的姿勢依然很孤獨，孤獨得像一匹狼！

惟有狼，才能在不可測的痛苦中去寂寞地承荷一切的悲戕的存在！惟有狼，始可感受在過了這次寒流的侵襲之后，還得守候，如守候自己的影子，直至倒下！

那漢子臉的稜線冷極。天色冷極。

野地冷極。

倏地，那漢子瘦削如碑的臉，微微仰起，向西，紛亂的髮翻掠在他的視線裏。彷彿，他在搜索什麼。彷彿，在這樣的一刻裏，他能像狼敏銳的感覺一樣，而觸及到壓在肩上的寒流所攜來的那種苦澀的味道，正因夜深而逐加變得濃烈了。

除了，遠遠低坡下一片漆黝的營區，還寥然亮著三四朵稀落的燈，猶如遠古的爬蟲類的眼瞳似的怔怔懸在天空之外。那漢子高高的身子不曾移動一下，誠如他原本就站在那片土地上的一樣。

他想起「君不見黃河之水天上來，奔流到海不復回！君不見高堂明鏡悲白髮，朝如青絲暮成雪。」這樣李白的詩句來；他想起，十八歲時課堂上那身材臃腫而古稀白髮的地理老師，老是愛聽他流亡而東而西的中國江山的故事來。如令，他才深切的感覺到惟有身上奔流著有熊氏的血，才是值得驕傲的！如今，他也才刻劃地感覺到惟是中國的命運乃躓困乃憂患乃跋踄的！

那漢子承認，他對江南塞北的陌生，就像是地理課本或歷史課本中所繪的線條和色彩給他的觀念，是膚淺的、模糊的。那漢子無由的悲傷起來，至少他自己沒法改變這種近乎虛空的事實。是的，在一枚小小的心房所能積鬱的生活逆境已够沈甸的了，而還得哀美地再面對國殤鄉愁的創擊，這對一個身爲征人漢子的心靈似過無奈的。誠不是？每當野夜裏或月光下醒來，就宛如聽得遠處觀音海的灘聲，似泣似咽；就宛如聽得長安城宮裏的李白老頭，復乾復飲。——如此，那漢子的心就收縮得更緊、更緊。

他猛然俯首掩手地咳嗽起來。咳咳咳。咳咳。

咳！

3

咳！

那漢子的背影看來一時像彎起的碉堡，當他咳得更厲害的時候。風，嘯著捲起窒息的沙塵，那漢子能意識到台地的此刻，正是起風飛沙的時節，而且今後會有一段不短的日子被嗆然的度過。

咳咳！他想到如果有酒！

如果有酒，有酒，該可聊解一時的心愁吧？那漢子想。

夜，在曠野上仍舊站得那麼漠然。祇是，誰此時此刻會有酒嗎？李白老頭也何處去了？如果，在那片土地上，如果，在那時盛唐，哎哎，又想得太多了！那漢子摔摔頭，企圖把一腦袋的「奇思幻想」經過這一摔就摔出去摔遠。但，不能啊！他不自覺再嗆咳著，嗆得他不斷掩著龜裂的唇，咳得他不停扶著起伏的胸口。

曾經，他渴望能遠去那太武山的砲聲轟嗑中，去活去死。然而，他未能如願。他僅能在這荒蕪的台地上想像一切活的意義死的意義，甚至，他祇可孤立自己去偷生一般地活著，而所有的對他也不再有深具價値。他什麼時候學會摔頭的，不知道！他什麼時候學會乾杯的，不知道！就好像，他一生下來，便冥冥註定須爲變色的秋海棠的哀情之下漂涉復顚跛一樣。殊不知，這叫人心酸著一朝一夕一月一歲的崎路將延到何時何地？

這時，月亮淺淺的光暈擱淺在幾株坡地間的羊齒植物的多瓣葉脈上，葉片搖動就閃出絲絲鬼魂的那種淒涼。

「風雲起，山河動」的高亢才剛剛凝聚在那端的黑暗下，那漢子始緩緩轉過瘦高的身軀，把寂邃的視線靠在一列列營房的隱約中，等那來自山地的二等兵——有著純厚的心靈，且屬於山地的——邁最沈穩有力的脚步擦肩而去，月光篩落在他寬實的胸膛和M十六自動步槍上；那漢子便又想起，曾與幾位山地的弟兄豪飲的情景，那幾近粗獷痴狂及摯忱樸誠的飲酒的姿態，竟使那漢子原本寫詩的手，在攀起酒杯之后，便感到無比笨拙了。

聽說，台地的氣候開始轉涼了。

兀起的碉堡那邊，蔓草從遠方走來，接著是蘆花，後來是河流，然後，都走向另一邊的遠方。自此，一些山地的漢子也走了，留下寂淸的月光，以及飲酒的手姿。夜裏，山風勁冽時，總有薄薄的月光照在床頭，也同時照在那口有青苔的井湄，偶然諦聽渾厚幽遠的歌聲，就相信是來自那些山地鄉土漢子的告白吧。

天空，日間一隻燕子留下的愴痛，延續著黑夜靜靜的冷。除了嚮在硯孔中的風寒，那漢子也喝酒的右手，祇能在風中無助地吶喊。是的，李白沒來！甚而，酒也冷了！那些漢子們的臉頰則燒紅似指間的紙烟，焚著。——這些，曾然留下。祇是如今的寒野之夜，不管已遠去的，或尙在奔泊的，誰還記起這些呢？

同理，北京城在呻吟中，而那漢子却靜靜地以身軀，和內心去從遠自中國一端颼來的寒流中感受那群黃皮膚的噓咽，且此時的理智已不重要！

由善於飲酒的山地漢子間，他能體認所謂的漂泊，是如何的近，像呼吸。

由起於北方的一列寒流裏，他更能體認所謂的中國，是如何的遠，像唐代。

4

夜，如果再暗，就像暗入那漢子的紛紛亂髮中了。

野地的地平線上，一些樹從那裏陷落，一些城鎭從那裏陷落，包括那彎流，和一片月光。

——啊，多少中國的印象從那裏陷落的呢？

當那漢子邁出左脚時，才發覺自己也陷落在黑暗中如一株樹，孤寂而沈鬱。猝地，他感覺有人在叫吶著他。那漢子收回左脚，流眸時，薄薄的月光照在他翻擊的襟領，蛺蝶一樣飛躍。而四野無人。相思樹鬱鬱地在右邊的坡地上遠遠地站著。

找些米酒來，乾杯去。那漢子再想。

戰爭是一回事，死生是一回事，甚而鄉愁，與乾杯也全是不同的一回事。今天，也許隨車隊的滿路轔轔在顛沛；過了今天，或者將在一次嗆鼻塞喉的硝石藥味下的某處征塵中倒下去。生命的意義是簡單的，但是嚴肅的；在整個旅途迢迢的過程中，誰都扮演著最重要，也最微小的角色。可是，在這種有限的人際中，誰也沒法武斷一切加諸在肉體與精神上的枷，單單憑藉著戰爭或死亡，便可釋解的。

說著，在下一枚月亮節之時，就去山地的。那漢子認眞的想。——宛似，在等下一枚月亮節來之前，他必勢活得更詩意、滿意。

說著，登上那山地，便能更遠更廣地馳念那片江山故人情的懷眷。

假設，小酌了。薄醺的醉意更可與李白競撈那水月的姿勢了。或是，從那些寂寞的資深班長枯乾的嘴中，觸鬚到一點長城的斑剝，縱使那麼一點點。而那漢子的胃便急驟地絞結成一團，擰榨著。最後，每一杯濁烈的酒中，恒滲雜著澀鹹的淚液。喝下去時，誰也記不得誰曾掩泣過豪啕過。

那漢子嗆著。過了碉堡的假城鎭上，他的臉曾在粗糙的垣牆上俯過，死靜地等另一次攻擊。

咳！那漢子移開冰涼的手掌，朝一端坡地的營區走去。碉堡和假城鎭，仍守在黑暗的月光中，睜著眼。

5

假使，再夜，那石階下的一枚水井，依舊響著汲汲的水聲，却也洗不去由長長甬道流來的囈語。誰還醒著呢？

是誰又失眠了？

是誰在石階下吸著閃亮的紙烟？

是誰又叫那口井喘著輕霧般的呼吸？

是誰在飲著老米酒飲著月光？

那漢子已能在每個台地之夜裏去揣臆自己原是脆弱的心緒，常在急驟的夜醒時刻裏驚心過來，當夜涼如水，當酒意如風，誰透著窗隙的昏弱光暈，一齊把酒拳的呼喝送入屋外的風狂沙奔中的？常常風雨夜，或月光夜中，那群漢子有著不可阻橫的粗獷飲意，惟有讓酒來填滿夜色，惟有讓酒來灌溢因遠思而驟痛的胃，才能眞實地體認征塵五百里的離家愁緒，連著也從彼此的眼睛閃爍中了解身爲孤臣孽子的哀殤。不論，窗隙外的風夜將持續多久，將吶囂多久。那漢子望望相思林的天空，灰白的而帶著壓抑感。

那是隔著寢室，隔著月色，隔著石板路，隔著寒風的一間木板屋子——酒的淡香從此溢出。

那漢子可淸淸晰晰地想像到屋內的一張張疊在黃黃燈光下的臉，正由黃轉紅，並且激動得爭執去講自己曾流浪的方向，酒也由唇一直灌進發亮的眼球中，彷彿，應把整個軀體浸入一般。那漢子極力壓制自己欲翻滾的心情，以瘦長的手推開門扇，走入。遂是，大片大片的燈光，及酒意撞得他滿懷滿懷。

那漢子無聲地在靠窗的一處空位坐下，眼光立卽顯得無比的暖和跟熾熱。

冷嗎？有人問。

喝下一杯吧！有人說。

那漢子接過由燈光中遞來的一隻掌裡的酒。酒面浮盪著眩目美麗的光波。好酒！他很快的想。

終於，在右手觸及熱燙的酒杯時，那漢子的心又很快被刺傷似的痛楚起來。李白呢？他抬起劍鋏般的眉，視線閃過那些臉龐。

誰？有人問。李白，來過嗎？他復問。

來過嗎，李白？他終是喃然自語。

一定來過了，因爲這兒有酒！

如果還有什麼，那麼，這兒尙有許多獷摯如碑的心！

是的，李白，一定來過了。

6

子夜醒來的那二等兵穿過曠野的邊緣，鋼盔閃過刺刀的白，看起來好冷的樣子。他孑孑的背影在山坡的稜線上映成一種隱而有力的形象。直至那背影沈逝在山坡後，遺下的幾枚跫跡始一路走去，走遠了。

接著，風野又歸於黑夜。

那漢子靠在冷然的牆上長思著，杯中液體依舊游漓著金色的光線。一隻黑背的爬蟲怔然的眼，不動地注視那漢子的twarz之臉。過了今夕，會是一枚清朗的天氣嗎？他努力地猜測；眼光由屋角的爬蟲背上移向染上黃顏色燈暈的玻璃窗格。好久好久，那漢子才將視線再轉落在手中誘人的液體上，思緒不免又凝重起來——

錢塘江淮的船歌，如何溺死在滾滾水聲中的？

長城堞垛的賦詩，如何斑剝在蕭蕭勁風中的？

既使如此，李白老頭的「且樂生前一杯酒，何須身後千載名」的名句又奈何又何尋？

錢塘長城遙不可企及。

李白老頭更遠不可對飲三盅。

那漢子點起紙煙，厲害地吸著，渙散的煙塵罩住他的單眼皮，和雙肩。紅醇的酒映著紙煙的紅。燈光由他平靜却醉紅的臉上，跌落。其實，他的內心比誰都沸騰而澎湃，只不過，過多的愁憂鄉國，像歲月一樣的積沉在他血管，和肌膚；使他已慣於從孤憤，與哀楚的刺痛中醒著，而且，平靜地醒著，也勢必平靜地醒著！因爲，惟有如是的醒著，他才能有活著的感覺，且這種感覺將執著在那片土地上。

那漢子又掙動由於白天在靶場壕溝中蹲看一群群子彈的嘯叫而疲乏的眼皮，去對視牆上那有著黑背的爬蟲的背。室內的氣溫十二度左右。碉堡外大概近乎八九度吧？那二等兵還守立在風中，成冬野的一株相思。

月光白白地在地面上凍著，紙玻璃的碎脆。

那二等兵乍然轉身，月光紛紛由肩頭鏘鏗落下！

室內。那漢子也同時飲下掌中酒，然後對著其他的漢子們疾聲：

再給一杯酒！

乾杯！

7

趁月光叫過山下那橋頭的寂色。

水聲因寒流的陷溺，而紛紛溢散。

在那山頭的二等兵的刺刀閃出一縷冷漠的一刻，那漢子的眼睛再也承擔不住太多的濃鬱情緒，而顯得異於光亮，

室中的窄狹的夜在千杯中古老浪漫起來。一定沒有人曉得酒在千古前的中國是被誰發現的，那是很久很久的遠事了。今日，喝下的，又豈是古色的酒而已？座落在風聲的臺地上，誰又知道喝下眼前的一杯之後，明朝將轔轔何處？彷彿，觀音灘潮的水夜，又漲過月亮了。是的，今夜有隱隱滔滔的水聲來去，有古顏的月光淺淺潑洒著季節，有熾熱的老酒在盈盧，是不是若在這樣的微弱光線下睡去，就可從流離索居般的風中探得一點鶯飛草長，蓮開松落的消息呢？倘不能，便讓曾是多少汗涔日暴的背肌去接觸僵凍的牆，恍惚感覺一些征塵歲月的價值——曾渴望在砲硝彈壕下認眞證實自已的。

而誰什麼時候把燈炮捻熄的？短促的呼吸聲濃而重的擠著。

有人復把紙煙燃起，然後傳著過去，像黑漆中逐次亮起的街燈去點著每一張來自南南北北的臉和唇。

那漢子枯裂的唇因酒的苦澀以及紙煙的嗆咳，而更加裂得厲害。有人藉薄薄的紙煙的煙火在吸亮的那時，談著明朝的離別，是怎樣的叫尚得守候下去的漢子去把眼界收不回來。

過了這夐長的夜晚，誰將不會記得曾流過眼淚。因爲，在此去往後的一些夜晚，眼淚將再打轉在瞳眶中，濕了，乾了，夜晚的時候，路依然在闃黑的惶恐或寂寞中靜靜延伸過去！

既使如此，那漢子猶未眠，因爲一些平沙一些落雁一些漁舟一些唱晚的晉地楚江的印象，正如指間的紙煙，在明滅之間，一吐，就五千年的重甸，壓下。

8

如果，玉門關的長風從天山那邊吹起。

如果，青海灣的戰旌還在邊色中撼盪。

而所有笑傲江湖的豪氣干雲，已爲詩賦的陳蹟，又如何在那漢子的削漠的臉裏尋得？

除去由相思林外的野地流來的砲聲。

除去由假城鎮中的斷垣淹來的吶喊。

在這塊荒蕪的風秀臺地上，零落的碉堡是那麼看來守護神的嚴肅，相思林的月光又是那麼冷得叫人在子夜的小小燈泡微光下驚醒，那一窗一窗一幢一幢探望而過的勁風依稀携著中國北方的乾燥灼人的砂塵，一枚紅紫色的芒花在屋前三兩石階旁咯著血。——這些一切，都在那臨窗的漢子額前變成一排陰影。——在他飲下最後一杯酒，霍然立身去面對夜窗外的那時。

之後，他獨自離開那屋子，把自己交給流動中的夜、月光，和風聲。

經過可以延向一片相思樹的石子路，那漢子始初初感覺自己更自始在承負臺地每一株樹也不眠的眼睛注視下的重量，這些重量使他在無論某個時刻裏皆肯定自己的肩正撐負著無形的一種包袱，而不僅祇單單一具血肉之軀而已。

幾回抬頭看，更遠一些的沈重般樹影襯附著再遠的有秩屋層，浮繪成一幅橫軸的墨畫，但色調極其憂悽，如果又遠的天空，則已染濡爲蒼剝的墨藍，看著看著，總焦灼地懷疑那會是怎樣的一個八億億的疆土故國情調！

哎，夜半來，一點點的心頭事就惹來整個野夜的不安！

那漢子並未醉。咳！

不醉，就使他更清醒更無助更漂泊了。

再經幾個刻畫的距離長的守望之後，天將明，但誰會知道，明朝尚是不有風呢？或者，是適於分手的日子？誰知道呢？

那漢子在石子路的盡頭停下來，恁草叢間的蟲鳴叫亂他深深淺淺的履痕，恁林間流出的蕭瑟藏在他紛紛翻飛的髮中，恁熏黃的燈光挽不住他心房裏的掙扎。

9

掙扎，是一種最果敢最原始的心靈過程。那漢子還深深的記得：一枚月亮節的晚上，很喧騰；好多好多的酒被一群年輕的漢子們倒向他們一再嘩噪的喉嚨，很痴狂；然後，他自己也喝了一些酒，獨自一人走到林子裏的車隊，爬上車子倒在冰涼的長條車椅上想著不完的往事，偶而甚至被某些情緒觸及到最深處的鄉國殤懷來。那時他分到一個青蘋果，那時與他躺在車上的月光，就像咬過的蘋果一樣酸澀，過了很晚很晚了，仍然可聽到透入林子的酒令。

當然，這樣的月亮節往後也不再有了，唯有那記憶還有喝酒時那種熱量的執著存在。逝去的，畢竟會淡了碎了。祇有，皇天后土之事，却隨著年歲的滋長而根深蒂固！今斯於斯，江南塞北之稻香蓬蒿已終非夢迴斷腸所及的，唯有把今日的刻骨銘心的慘痛教訓，變成生活的一部份，叫每個炎黃子民去接受這種史無前例的考驗！

那漢子想著想著就轉回自己的寢室。風在屋脊上相思林外曠野中狂奔著。——明天，會是好天氣的。

掩體內的車隊浮彫著猙獰的影像，一些相思葉片在風裏旋落，除了冬天的感覺，臺地上每一扇窗皆企望不多時的黑暗之后有著黎明。

躺在冷硬的床板上，一片玻璃似的月光篩入床頭，照在那漢子諦聽中的額頭。聽啊！他能縷縷由緊敝的窗隙聽到那屋子裏微微傳來不絕高亢的吶喊：

李白，乾杯！

10

李白，乾杯！

從油紙傘想起

1

這樣的感覺我不是沒有過，像揮一揮手勢一般，機械地加上速度，穿驟雨前瘦瘦的R街而去，午後的青澀的臉迎向我翻飛飄起的髮叢，我的眼睛懸着街上欲雨的冷哀。想來，總驚見於城中那小小不斷晦暗不斷深沈的身子在重樓下看來那麼遠。遠的，是一種最無奈的感覺。感覺街面的所有眼睛都駐步來看我，看我像一隻驚鳥。

沿着有着紅磚道的路，低首疾行，單單的風在耳邊漠然而嘶，五月的雨聲遠在幾百幾千個R街外的海上漲着，已漲了一隻驚鳥的飛高；而這裏不是那曾撐着油紙傘的橋頭啊！而這裏什麼也沒有。

但，這樣的感覺我不是沒有過。——

2

是不是也想過淋響在嘩嘩且有着深鬱情緒下油紙傘上的是杏花雨，或瀟湘雨？是不是纏憂地想過？

那種故國神遊的痴狂，是不是因一支撐開就撐開古畫潑墨般淒美的那傘的樣子，便在古邁且幽邃的心中濕痛起來？是不是呢？

路從橋頭伸過手去，緊緊握住一片煙雨。祇是，我之伸手，是不是能緊緊握住江南，或塞北？想過嗎？

想過麼？

那落在肩上冷冷雨的樣子，是不是有點像杏花雨，或瀟湘雨的樣子？是不是想過？深鬱或纏憂地想過？

3

塵埃之后。我第一個站在燈光和黑暗交吻的地方，給自己安排一個最寧靜而孤獨的位置。

而發現很似一尾水族館裏的魚，才是那雨日回到鎮上的正午時的事情。一陣掙扎，一陣擺脫，轉往教堂的夜路上，廿二時的時針仍放逸不出一圈阿拉伯數字的追逐，而流過牆上的光暈很薄很密，每一次無端的波盪，我貧俏的影子就游漓。
油紙傘陪着我吸滿塵埃的身軀，除此，已一無所有。
沒有四線道。沒有安全島。
沒有電影招貼的男女。
除我孤獨的位置，我也祇是一尾被逐的魚。

4

如果，我的左手是陽關。
如果，我的右手是唐代。
讓我隨油紙傘近幾緬落的街頭，把四疊唱到千千遍，可好？那時，誰才最綠裝呢？
誰又知道，我脚下走的一條路是通往長安城，或是漢魏？是的，誰又知道呢？倘若，我知道，我又如何？
是的，我又如何？
油紙傘也僅僅是我手中的油紙傘，而我已確然無法十分感觸油紙傘下的那泣血的泥塵，在多少長思的想像中嘶啞起來了。
誰又知道，我們是被註定漂泊失庇的一群？

5

所不同的是，我還能在一千零一夜的一根紙烟微光中看C。但C是零時，從我手指間的焚火裏剝落。

使，我將撐打那油紙傘去看C，C依然會站在城火的一角中等我？過多的夜晚很容易用心的感官去測臆C在西北我在西南的一些心祭，那也是不頗爲切適的？

豈不知今夜不是昨夜，恰似我肩上的黑暗，每一次的仰臉，皆是一回回拋不去的星光月影，這樣，C是不是能在我離去的背影上端覘某枚夜裏我孤行G街的詮釋？燃不燃上紙烟，撐不撐傘都不再是最美麗的姿態了。

是啊！

一千零一夜之後，C猶在？

6

束束日頭散亂地披在樓頭的頂上，一隻失群的蝶斜斜飛起，雨季尚不來。

聽說，去島上的最南端的海濱玩水最好。

決定之後，我唯一的油紙傘便惹來一陣雨聲，便有着渡船的感覺。祇是，許仙離我甚遠。祇是，渭城離我甚遠。儘管，我孑然擧開的古顏色，再古也古不到穿小絨鞋的時序裏去。自然，我不免將又得哀痛地承受那篩落油紙傘之外淅瀝瀝的點滴，也近也遠。

一陣雨來，紛紛皺亂水面。

雨仍舊濕淋在我胸前，那麼刻骨銘心。

那麼，想到什麼呢？都是油紙傘惹的禍。

7

過了五月。我還是想着五月。

天空寧靜地飄着微雨，我站在窗前，檢視一隻忙碌的飛鳥，滑過浮着水氣的街頭，那種樣子，好像落於湍流中一葉水萍。窗上驀猝開出一朵花雨傘，撞亂了視覺，騷動了整條雨街。而五月是傘上走過的一枚玲瓏的雨聲。

而隔着雨聲之外的C，是否能察覺惟一陳煌的我，雨來的時候，就用心去模仿雨聲的心祭，踩過千萬重人小小的肩，引凝重的眼神在四處盤桓？這時，最好還是放下布簾，沈思一會，撐開油紙傘上街。

還下不下雨，都不重要。

過了五月。我還是想著五月。

8

總是，斷弦一般迸落一雙失眠的瞳子，隨黑暗在床前長跪。室外，零時以後的雨守著來自武陵的淅瀝，夜看來就更瘦了，更蒼白了。事實上，對於一城武陵又了解多少？祇是拘於一點智識和圖片上的印象而已啊！像武陵之於油紙傘，我總無端掩不住孤憤，趁雨不絕縷縷，記下幾行——

四線道上
你是惟一的青袍，且是
以一種纏脚的姿態
走來
一脚踩在唐代，另一脚
鄉鬱中

9

果眞，我再撐傘等在那可以一望就望到碧連天海連天的大海的橋頭，延向橋之兩端的路是也吻不着C濕淋的脚趾了。

果眞，C不來。

那海灘C的名字已沈千百尺淵涯，誰也記不得橋頭上的我，對着飛近篩遠的雨勢，縱且擧傘也遮不去一點點悲哀。誰記得?當我不再年輕，片斷還是永恒嗎?C也不復記憶我了。那麼，讓今日之事在明朝醒后便遺棄好了。

橋墩下的一群羊齒植物漠然啣住澀苦的天空，啣住我不經意就會失足的影子，不放。

我長長的髮絲已澆結成一束束憂悒的樣子。

望過去。雨不盡，人不還。

10

竟感到每一重雨聲的後面都深藏着C，而我是那麼難以恣意去端視，祇能在偶而某次駐步中覺得C陪着我，乍近乍離，突聚突散。城雨還瀝瀝，終不見舊日啊!

我擧油紙傘到城外尋C，眞正的冷立刻在濺起的水滴中淹沒我，可是城外祇有泥濘路，泥濘路上祇有我，除此，油紙傘下僅躲着焦慮的失望。我站成一個可能望見C的立姿，惟有如此才有吶喊的衝動。走過來時，脚印深深印在雨地上，而走回去時，也不過多加了些零亂反向的痕履；那一刻站立的位置，雨正不停。

我祇得停下身，等C却下雨聲簾。

然而，一望竟是一望寥寥落落千重雨千重。

11

午夜醒過來的時候，收音機的音樂還流轉着，窗外那一張臉貼緊在玻璃片上漠視我蜷曲的身子。一點點薄弱的光線滑進來，繡在被子一角。

以爲誰走過石階而去？

那麼，明朝帶油紙傘去灘頭尋些什麼回來，草花也好，飛鳥也好，棹聲也好，陽光也好；同時，也莫忘記此間夜雨尙聲聲慢。我翻過身，聽雨走過石階。

這般，我沒有理由不去失眠。

或許，又想及一些什麼，總叫人頻臨戀失的一些什麼。

一點點薄弱的光線走過石階。雨聲漉漉。

我翻一個身，壓住自己嗆得厲害的黑影。

12

不因抽一支紙烟的關係，T公園的水塘就溢滿了細雨。一隻麻雀極能令人想起旅人的孤獨。而我一坐，就華燈闌闌珊珊。博物館龐然的影子濃烈地守住一攤攤星若般曳曳的小燭光，等疲倦像煩悶的雨勢密密坐在肩上。

那有一臉皙白而大眼的男生已帶著油紙傘回到南方去，台北的街頭也已有不再見得油紙傘了，縱使在傍晚的公園裏，我屈身地坐着想着，雨仍嘩然，四周濺來濕濕的路燈光暈。

今夜，我將離去。雨更密。

那房子的舞台上還渲着林懷民的油紙傘的戲嗎？

沿懷寧街走，想到騎樓下飄來淡淡的花香。

雨停了。我忘了帶油紙傘。

13

那年，我的黑髮流水一般響在那城的早晨。

而回顧則像啓闔油紙傘那樣不着痕跡。C在R街，我由街與圓環交吻的一端走過去，頷間仰成諦聽的角度，寧靜從四周擠過來，一直縮擠成一條疲憊影子的形狀。

雨季在J城的市郊失了軌，那夜，我正攀住車廂冷冰的窗子，遠遠向無數揮手的人潮一端尋去。然後，雨季不再打在我的頭上，C也在那早晨中淡忘了，像啓闔油紙傘那樣不着痕跡。

然後，我心裏小小的城再也聽不着撥弄燭蕊的聲音，黑暗一如城樓石垛上的蝙蝠的翼。

然後，我突然每次都說不想C了。

14

告訴L一樁不大不小有關油紙傘的故事。

L的臉浸在柔柔的水夜裏，長長的髮叢拋在那肩頭，我則能急驟地感覺到L的視線由某個方向疊過來，一疊就疊到我眼瞳中，旋動，縱使我無意把臉正視。L很眞摯地聽，聽的姿勢很注意。

一九七七年七月十七日的樓台上，L與我與油紙傘或許也祇不過是一樁樁不大不小夜的主題；畢竟，如般的夜，對我們而言是否太顯得匆然而深悵的？

我們祇要善感而不多愁，是不？L。

那麼，等走下廻梯後，帶彼此的一點星光回去，裝飾在七月的窗邊，照着我們不多愁的臉龐上，一夜又一夜。

15

一齊走過海灘上星子的眼睛，與人群的眼睛。潮聲在左邊的履掌上沈沈唱最原始的調子。

在灘頭撐一把傘而走在雨中多美。L想。

撐油紙傘不更美學。我想。

之后，海岸上那些溺不死的燈跟着灘聲嘩起，L髮叢間繫着的草芒花亦嘩起，濺濕的路也嘩起，嘩起，嘩起，夜嘩起。午雨已過，像丟在重樓之上的影子，經過子夜後，揉入一聲我低低嗆咳中。

左脚越過右脚，黑暗裏飛出一縷髮香，繞我肩頭而盪，引來叠叠水聲如嫉如妬。右脚越過左脚，一越已千髮千燈之外。

16

一個手掌間淤積的雨日，最初，我深藏在一朵古顏色的油紙傘裏，一隻瓢蟲棲在我濕冷的肩上，橋頭總望不見海峽以外的江南飄雨。

且關於汨羅之事，說五月正離騷，說雨在江邊嗚咽，說那楚大夫的哀壯，說戰國的殤事，說詩人的無奈。——橋頭上豈祇是我深深唐裝的印象所能追溯的？又豈是所能撐開的油紙傘的聯想得以寫眷的？

戰爭之后。那雨聲仍漲著屈靈均的瘖瘖瘂瘂。那江畔仍滯留着鑼鼓的鏘鏘咚咚。戰國之后。雨在橋頭。我背南而立，路順着我的肩兩端伸延過去，像這樣，一個雨日淤積在手掌間。傘在橋頭。

17

草蜻蜓飛來的時候，我正坐在島之南端，痴滯的眼睛納容不下浸濕的思想。

油紙傘斜斜靠在晨色中，撐着。小鎭雨街上，我孤獨走來，那時的京都大道在那裏？那時的蓮謠又採向那裏？爲什麼不撐傘去看蓮？邀東坡那老頭，或G城的那C？而水中無蓮，祇有揮來卽去的泡沫，像一簇簇長不大的花。事實上，雨依在傘上，傘具是一朵如何的花？想過嗎？如果油紙傘花簇。

潮昇。潮落。我把歪斜的脚跡留在灘頭上，回去之時，有什麼可以拾取的？且一路丟擲。而雨落街上，一隻草蜻蜓又飛來。

18

如何因今夏遲來的雨季，在給北城的書簡中爲油紙傘的聲聲雨而殤神？教堂屋頂的十字架貧墟地伸着，從雨絲中伸過去，似欲抓住所有雨的小手。我傾成鄉愁的肩膀，一傾便一片夕照落日。

貼胸的濕濕唐裝擠壓着我瘦瘦之軀，像一株水邊昂視的深色孤樹，恁雨恁潮把自己讀成另一朵撐舉的油紙傘。

層雲積堆在不斷守望的髮叢上，使我難望過了枋寮是陽關，抑鵲橋？殊不知，雨更濃，濃得不見來路千里。熱帶的島上，縱然驟雨嘩嘩，又那能抑制賁張心房的每一滴血紅？

如果問我，再撐傘時，上街或看海去？

——我不知道。

19

等雨泫泫而來。風滿樓。

對街的騎樓下，男孩的身子跟披髮一般纖瘦。我知道，那不是C。我的想念乍地像縮閉的傘面，一下子便收斂起來，實在不能想啊！於是，便說由深藏的衣櫃中取出油紙傘，從雨之一端走向另一端？其實，有了一端之后，前面還有許多一端。黑暗由水溝裏溢氾出來，很快漲上馬路，漲過那男孩的臉。窗前，那尋得熟稔的油紙傘的立姿？

背過身去，也許誰也不記得誰才是夜裏最愁渡的肩影了，但是，攤一攤手，雨點便恣意在掌紋間呻吟。是的，誰又記得呢？記得曾是C是C，陳煌是陳煌？

唉，是不是撐傘出去呢？雨泫泫。

20

惟一的原因是，油紙傘惹來的一樁小禍。

小禍是失眠。一失眠就唐代的江波烟上使人愁的失眠。是也想過在擁有油紙傘，且想像一旦走在古釉的朝代裏，那種激越的人所能惹的禍啊。

或許，白娘娘的故事很美。

或許，屈三閭的故事更美。

然而，我有我的油紙傘，我和油紙傘的故事呢？

聽，窗上有雨。那麼，聽過我油紙傘的淅瀝又淅瀝嗎？這樣子淅瀝又淅瀝的故事，聽過？

請聽，油紙傘又惹了！

後記

梁實秋在他的一篇叫「現代文學論」文章中，特別强調——

「我們品評散文的藝術，只能憑綜合的感覺，而不能用分析的方法。」

他又說——

「散文沒有一定的格式，是最自由的，同時也最難做到好處，因爲一個人的人格思想，在散文裏絕無隱飾的可能，提起筆來便能把作者的整個的性格纖微畢現的表現出來。」

卡賴爾翻譯萊新的作品的時候說——

「每人有他的自己的文調，就如同有他自己的鼻子一般。」

最初，我寫散文時，並不刻意追求所謂散文要講求的形式和注意技巧，却祇是抱著心中湧現的一點感情，就順乎成章的寫下來了，甚至不按牌理出牌。我寫我要寫的散文。

有人說我的散文的語法上有毛病，甚至有歐化的句子。這點我不知道是否所犯的程度很嚴重，但我很感激他，也常謹愼地思索其得失。這是最近的事。

「陽關千唱」雖書名有點古典的味道，但內文的技巧却可能是被讀者認爲背道而馳的。感情是傾向古典的，當時那種憂古懷鄉的情感，在一離開多風雨的軍旅生活之後，却也逐漸褪失了。我很驚訝和失望。因爲，這樣的特殊感情居然宛如曇花一現般的出現在那段旅程中，恐怕今後將無法再更深更濃烈了。旣使有，世變人換，感情也自當迥異吧？

因此，「陽關千唱」這集子的出版，雖無法代表我現在的成就，但它却是促激我更上一層樓的力量。

不管如何，我說過，人生像一段待渡而漫無際涯的旅路，寫作對我人生所付予的意義，也同樣是艱辛的。惟有我不斷的進步（至少，我自認我在不停地摸索也好），讓我去不斷的感動，這樣，我始能認出我自己的脚程是否有不穩、是否走偏了方向，是否能肯定一點點作品的價值。

或者，什麼也不是，因爲「陽關千唱」終於結集和讀者們見面了，我又再一次要面對讀者，還有自己的苛求批判，其結果有幸抑不幸，已不在乎於心，我要的是今後的展望和努力。

我很少和人談起散文，甚而我不知道要如何談起才適當。把它當成「將心比心」的創作方式也好，把它當做「渲洩作用」的小技也好，這我想並不是十分重要的吧？我常常思索：「寫散文的人，要如何把自己和世界心繫起來？」

這問題至今，依舊存在我的心中。我儘管寫的是個人的感情，並沒有完完全全用世界觀來反映，但我喜歡人性中共同的感情，例如鄉情或愛，祇要我寫我自己最初最深所能承受的那一層情緒，我想我並沒白費這一段寫作日子裏，內心所强撼的激動。

「陽關千唱」書名是文欽兄幫我取的，集子也因他的關係而促生的，說什麼將是多餘的，我感激他。

如果，就誠如卡賴爾的說法，我能有我自己的文調，就誠如有我自己的鼻子一樣。那「陽關千唱」也有一點推介給讀者的義務和勇氣了。

我也不想自我分析它，我和梁實秋的看法相同。

現在，「陽關千唱」終於交出去了，並不是我已輕鬆了；相反的，我感覺到這祇是喘過一口氣，在一個渡口上待渡而已。我激盪的內心，依然暗中跳動！

陳　煌

六十九年元月十八日

臺北市汀州路

滄海叢刊已刊行書目（三）

書名	作者	類別
寫作是藝術	張秀亞	文學
孟武自選文集	薩孟武	文學
歷史圈外	朱桂	文學
小說創作論	羅盤	文學
往日旋律	幼柏	文學
現實的探索	陳銘磻編	文學
金排附	鍾延豪	文學
放鷹	吳錦發	文學
黃巢殺人八百萬	宋澤萊	文學
燈下燈	蕭蕭	文學
陽關千唱	陳煌	文學
種籽	向陽	文學
泥土的香味	彭瑞金	文學
無緣廟	陳艷秋	文學
鄉事	林清玄	文學
韓非子析論	謝雲飛	中國文學
陶淵明評論	李辰冬	中國文學
文學新論	李辰冬	中國文學
離騷九歌九章淺釋	繆天華	中國文學
累廬聲氣集	姜超嶽	中國文學
苕華詞與人間詞話述評	王宗樂	中國文學
杜甫作品繫年	李辰冬	中國文學
元曲六大家	應裕康 王忠林	中國文學
林下生涯	姜超嶽	中國文學
詩經研讀指導	裴普賢	中國文學
莊子及其文學	黃錦鋐	中國文學

滄海叢刊已刊行書目(二)

書名	作者	類別
世界局勢與中國文化	錢穆	社會
國家論	薩孟武譯	社會
紅樓夢與中國舊家庭	薩孟武	社會
財經文存	王作榮	經濟
財經時論	楊道淮	經濟
中國歷代政治得失	錢穆	政治
憲法論集	林紀東	法律
黃帝	錢穆	歷史
歷史與人物	吳相湘	歷史
歷史與文化論叢	錢穆	歷史
中國歷史精神	錢穆	史學
中國文字學	潘重規	語言
中國聲韻學	潘重規 陳紹棠	語言
文學與音律	謝雲飛	語言
還鄉夢的幻滅	賴景瑚	文學
葫蘆・再見	鄭明娳	文學
大地之歌	大地詩社	文學
青春	葉蟬貞	文學
比較文學的墾拓在臺灣	古添洪 陳慧華	文學
從比較神話到文學	古添洪 陳慧華	文學
牧場的情思	張媛媛	文學
萍踪憶語	賴景瑚	文學
讀書與生活	琦君	文學
中西文學關係研究	王潤華	文學
文開隨筆	糜文開	文學
知識之劍	陳鼎環	文學
野草詞	韋瀚章	文學
現代散文欣賞	鄭明娳	文學
藍天白雲集	梁容若	文學

滄海叢刊已刊行書目(一)

書名	作者	類別
中國學術思想史論叢(一)(二)(三)(四)(五)(六)(七)(八)	錢穆	國學
兩漢經學今古文平議	錢穆	國學
中西兩百位哲學家	鄔昆如、黎建球	哲學
比較哲學與文化	吳森	哲學
比較哲學與文化(二)	吳森	哲學
文化哲學講錄(一)	鄔昆如	哲學
哲學淺論	張康譯	哲學
哲學十大問題	鄔昆如	哲學
孔學漫談	余家菊	中國哲學
中庸誠的哲學	吳怡	中國哲學
哲學演講錄	吳怡	中國哲學
墨家的哲學方法	鐘友聯	中國哲學
韓非子哲學	王邦雄	中國哲學
墨家哲學	蔡仁厚	中國哲學
希臘哲學趣談	鄔昆如	西洋哲學
中世哲學趣談	鄔昆如	西洋哲學
近代哲學趣談	鄔昆如	西洋哲學
現代哲學趣談	鄔昆如	西洋哲學
佛學研究	周中一	佛學
佛學論著	周中一	佛學
禪話	周中一	佛學
公案禪語	吳怡	佛學
不疑不懼	王洪鈞	教育
文化與教育	錢穆	教育
教育叢談	上官業佑	教育
印度文化十八篇	糜文開	社會
清代科學	劉兆璸	社會